U0056180

超分解 每天都用得到的西語會話

真正理解會話的原理，西語順口說就很溜！

德永志織／著　白士清、李靜枝／審訂　李瓔祺／譯

歡迎來到西班牙語的世界
Buenas tardes.
下午好（午安）
¡Bienvenidos!
歡迎！
¡Dígame!
喂？（接電話）
Buenos días.
早安
¡Hola!
嗨！
¿Qué tal?
你好嗎？
(Muy) bien.
不錯啊（很好）
這些在平時會用到的招呼語和句子，先讓我們記起來並說說看吧！打招呼是溝通交流的第一步唷！

(Muchas) gracias.
謝謝
De nada.
不客氣
¿Eres español?
你是西班牙人嗎？
Sí.
是
No.
不是
Buenas noches.
晚上好（晚安）
¡Salud!
乾杯！
Adiós.
再見

西班牙是這樣的國家！

在我們的印象當中，西班牙是一個帶有「南國」氣息的國家，但西班牙的緯度其實與日本相仿。西班牙地處歐洲西南部的伊比利半島，北邊以庇里牛斯山為界，與法國接壤；西鄰葡萄牙，共享伊比利半島的土地；南邊隔著直布羅陀海峽，與非洲大陸相望。

位於銜接歐洲與非洲之處的西班牙，自古以來曾有許多民族到訪，並在此留下了足跡。正因如此，才使得西班牙產生出一種獨特的氛圍，讓人覺得「西班牙似乎跟其他歐洲國家不太一樣」。

西班牙語是這樣的語言！

西班牙語起源於拉丁語，是從拉丁語衍生而出的一種口語語言，而拉丁語就是古代羅馬帝國的官方用語。西班牙語雖然源自拉丁語，但語言中含有許多以阿拉伯語為語源的字彙也是其特徵。這是因為從西元711年伊斯蘭教徒入侵，到1492年完成收復失地運動（Reconquista，天主教徒所發起的收復伊比利半島失地運動）的這段期間，伊比利半島上存在著許多伊斯蘭教徒。舉例來說，西班牙語的「algodón（棉）」，就是來自阿拉伯語的字彙。西班牙語中有很多以a(l)-為字首的單字，這就是阿拉伯語傳入的字彙的特徵之一。因為a(l)是阿拉伯語中的定冠詞，結果這些字彙以定冠詞與字詞本身結合在一起的形式，為西班牙語所吸收。

如今，西班牙語又有卡斯提亞語（Castellano）之稱。歷史上的卡斯提亞王國（Reino de Castilla）是收復失地運動中的主要勢力，而卡斯提亞語就是指卡斯提亞王國的語言。

在完成收復失地運動之後，西班牙開始將目標放在美洲大陸上，並征服了許多土地。這也正是如今多數的中南美國家皆使用西班牙語的緣故。

來學西班牙語吧！

無論你開始學習西班牙語的動機是什麼，只要學會一種新語言，都會使一個人的世界變得更遼闊。這不僅是因為能將交友範圍拓展到使用該語言的人身上，更因為語言本身就是一種文化的載體，瞭解一個語言的結構，會令人感受到「原來使用這個語言的人，是像這樣將想法化作語言的」，進而在過去使用得理所當然的母語中找到新發現。

以動詞的變化為例，西班牙語中，動詞是配合主詞的人稱和單複數，而產生語尾變化的。對初學者而言，背誦動詞變化是相當不簡單，說不定有些人還因此半途而廢。不過，有了這些複雜的動詞語尾變化後，讓人可以在說話時省略主詞，如果刻意說出主詞，就會產生「強調」主詞，或「對比」其他人事物的作用，因此能用很簡單的方式，改變一個句子的語感。

如果對照日語來看的話，學過日語的人可能就會發現，「日語的動詞明明不會配合主詞產生變化，但日本人說話時，也幾乎都會省略主詞。」於是，你可能會產生這樣的疑問：「為什麼日語不用說主詞，也能傳達意思呢？」若身為一個日本人，且不曾學過動詞會配合主詞變化的外語，恐怕就不能覺察到這一點吧。

我想，這樣的「覺察」在外語的學習上，是一件十分重要的事，因為透過覺察，能讓我們產生印象，進而記住這些外語。無論是什麼樣「覺察」都好，當你在學習的過程中，產生「哦？原來是這樣啊！」的想法時，就要多加留意是什麼引起你這樣的想法。這種「預料之外」的累積，能讓你愈來愈瞭解西班牙語是一個什麼樣的語言。同時，也能逐漸察覺到自身母語的奇妙之處。

增強對事物的感受，提高自己的覺察能力——這是學習外語時，最重要的一件事。

德永志織

本書特色與使用方式

✓透過各種情境的會話，挑戰西班牙語！

本書設想出各種不同的情境，並以會話的形式，介紹適合用於該情境中的句子、句型。同時，挑選出特別重要的部分，標註「學習重點看這裡！」，並逐一解說。首先，請反覆聆聽CD，進行口頭練習。

各種情境主題

本書中，設定出各類情境的不同主題。利用共通的圖標，讓各種情境會話中的學習重點一目瞭然。

情境會話

請將文法放一邊，先從接觸生活中會出現的西班牙語開始做起。搭配MP3聆聽發音就能馬上開口說。下方有逐字翻譯，讓讀者瞭解句子的組成方式與名詞的陰陽性。

MP3音檔

收錄了情境會話，以及「學習重點看這裡！」中出現的句子。情境會話分別收錄有慢速版本與正常速度版本。

※以MP3格式燒錄於CD光碟，請搭配可播放的器材使用。

學習重點看這裡

解說各種情境中應該知道的文法與知識。

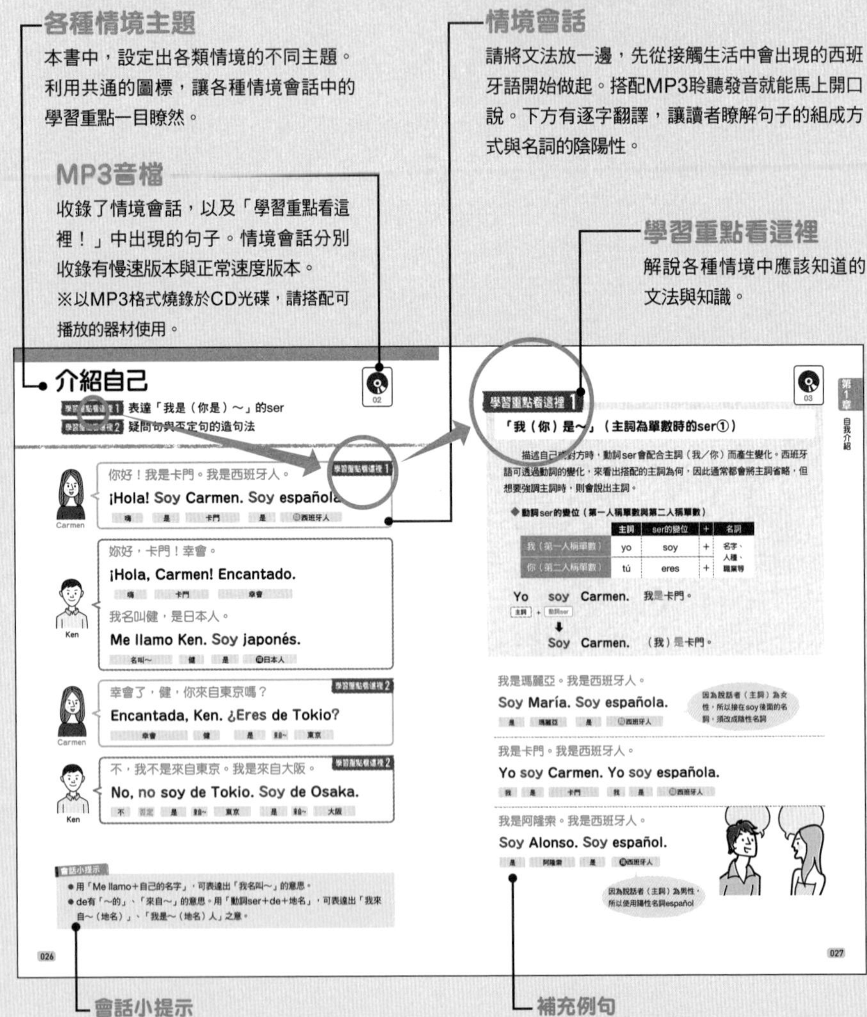

介紹自己

學習重點看這裡1 表達「我是（你是）～」的ser
學習重點看這裡2 疑問句與否定句的造句法

02

Carmen：你好！我是卡門。我是西班牙人。
¡Hola! Soy Carmen. Soy española.
嗨　是　卡門　是　㊛西班牙人

Ken：妳好，卡門！幸會。
¡Hola, Carmen! Encantado.
嗨　卡門　幸會
我名叫健，是日本人。
Me llamo Ken. Soy japonés.
名叫～　健　是　㊚日本人

Carmen：幸會了，健，你來自東京嗎？
Encantada, Ken. ¿Eres de Tokio?
幸會　健　是　來自～　東京

Ken：不，我不是來自東京。我是來自大阪。
No, no soy de Tokio. Soy de Osaka.
不　否定　是　來自～　東京　是　來自～　大阪

會話小提示
- 用「Me llamo＋自己的名字」，可表達出「我名叫～」的意思。
- de有「～的」、「來自～」的意思。用「動詞ser＋de＋地名」，可表達出「我來自～（地名）」、「我是～（地名）人」之意。

026

學習重點看這裡1

「我（你）是～」（主詞為單數時的ser①）

描述自己或對方時，動詞ser會配合主詞（我／你）而產生變化。西班牙語可透過動詞的變化，來看出搭配的主詞為何，因此通常都會將主詞省略，但想要強調主詞時，則會說出主詞。

◆動詞ser的變位（第一人稱單數與第二人稱單數）

	主詞	ser的變位	+	名詞
我（第一人稱單數）	yo	soy	+	名字、人種、職業等
你（第二人稱單數）	tú	eres	+	

Yo soy Carmen. 我是卡門。
主詞 + 動詞ser
↓
Soy Carmen. （我）是卡門。

我是瑪麗亞。我是西班牙人。
Soy María. Soy española.
是　瑪麗亞　是　㊛西班牙人
因為說話者（主詞）為女性，所以接在soy後面的名詞，須改成陰性名詞

我是卡門。我是西班牙人。
Yo soy Carmen. Yo soy española.
我　是　卡門　我　是　㊛西班牙人

我是阿隆索。我是西班牙人。
Soy Alonso. Soy español.
是　阿隆索　是　㊚西班牙人
因為說話者（主詞）為男性，所以使用陽性名詞español

03

第1章 自我介紹

027

會話小提示

配合情境補充說明會話時的重點、派得上用場的知識、語句的含意等等。

補充例句

利用「學習重點看這裡！」中學到的內容，造出不同的例句，方便讀者更深入理解如何使用習得的句型。

✓透過聆聽母語人士的發音，挑戰西班牙語的「說」與「聽」！

本書的重點是放在「說」與「聽」，CD光碟內搭配中文收錄了母語人士錄製的西語對話。情境會話部分更收錄了2種速度的版本，讓讀者們能透過不同的速度，確實地將句子學起來。請各位讀者仔細聆聽CD，以學會自然的西班牙語發音。

STEP1 首先聽一句中文、一句西班牙語的慢速發音版本。透過反覆複誦，讓自己獲得西班牙語的「口說能力」。

STEP2 接著播放速度較快、只有西班牙語的情境會話。透過聆聽自然速度的發音，培養出西班牙語的「聽力」。

(我)有一本西日辭典。
Tengo un diccionario español-japonés.
(我)有3個兄弟姊妹，1個哥哥，2個姊姊。
Tengo tres hermanos: un hermano y dos hermanas.
瑪麗亞有一雙藍眼睛。
María tiene los ojos azules.
(我)肚子好餓。
Tengo hambre.

附加情報及迷你專欄

內容包括，補足「學習重點看這裡！」中沒有提到的實用資訊、練習將句子中的一部分用其它詞彙替換的「替換句型」，以及介紹西班牙有趣事物的迷你專欄。

這些單字一起記！

整理出實用的單字，可搭配情境會話中出現的句子來使用，充實拓展自己的會話能力。

專欄

介紹你所不知道的西班牙情報，看完忍不住大呼：「原來是這樣！」

練習題

透過練習題來確認前面所學的內容。有填空題、選擇題等各種不同的題型，讓讀者藉由複習，確實將單元內容學起來。

序章和附錄也要好好利用！

序章中會學到西班牙語的特色，讓讀者在進入正式學習單元後，能更加得心應手。

書末附有「文法回顧集」及「動詞變位表」，前者是從本書介紹過的文法中，整理出可以統整比對的項目等；後者是列出各種常用動詞的陳述式現在簡單時的變位。

本書是為了初學者而設計的西班牙語學習書，因此文法說明的部分會縮減到最少，而未收錄西班牙語的所有完整文法。比方說，動詞只有介紹到陳述式現在簡單時、現在完成時，以及部分的命令式。動詞的變位會依不同的語氣及時態而有所不同。但陳述式現在簡單時，可說是所有變位中最基本的一項。只要確實記好陳述式現在簡單時的變位，學習到後面的階段時，就能游刃有餘地應付各式各樣更進階的動詞變位。

另外，關於逐字翻譯的部分，遇到不易翻譯的單字時，會以下列的省略用語作為解說：「定冠詞=定、不定冠詞=不、否定的no=否定、附加問句的¿no?=附加問句」。

目次

第3章 享受用餐時光

第4章 出遊

附錄

這些單字一起記！

序章

西班牙語的基礎

在進入正文前，讓我們先來認識西班牙語的基礎知識吧。瞭解了西班牙語有哪些特徵，能讓我們在學習上更加得心應手。

西班牙語的基礎

字母

西班牙語的字母是A～Z的26個字母，再加上Ñ，共計27個字母。Ñ是出現在España（西班牙）等單字中的子音，在單字中發［ni］的音。

A a	B b	C c	D d	E e	F f	G g
H h	I i	J j	K k	L l	M m	
N n	Ñ ñ	O o	P p	Q q	R r	S s
T t	U u	V v	W w	X x	Y y	Z z

發音與重音

母音

西班牙語有5個母音：a、e、i、o、u，發音方式非常固定而且和中文注音符號的ㄚ、ㄝ、ㄧ、ㄛ、ㄨ幾乎相同。

子音

所有「子音＋母音」的組合，基本上唸法都只有一種。只要注意下列子音，其餘的發音幾乎都和羅馬拼音的唸法相同。

◆須留意的發音

b，v	兩者皆為使用到上下唇所發的[b]的音 例 bar（酒吧）　vaso（杯子）
c	根據後面的母音，而有不同的發音 +e, i＝用上下齒輕輕咬住舌頭所發出的音，和英語th[θ]的發音相同 例 cena（晚餐）　cine（電影、電影院） +a, o, u＝發[k]的音 例 cafetería（咖啡廳）　comida（餐食、午餐）　Cuba（古巴）

ch	發[tʃ]的音 例 cuchara（湯匙） chocolate（巧克力）
g	根據後面的母音，而有不同發音 +e, i=用舌頭的後方（舌根側），靠近口腔上方深處的柔軟部位，所發出的較強的[h]的音 例 gel（凝膠） gimnasio（健身房） +a, o, u=發[g]的音 例 gasolina（加油站） amigo（男性朋友） guantes（手套）
h	不發音 例 hotel（飯店） habitación（房間）
j	用舌頭的後方靠近口腔上方深處的柔軟部位，發出較強的[h]的音 例 jamón（火腿） jefe（主管）
ll	發[zi]、[li]或[y]的音 例 llave（鑰匙） llegada（抵達）
ñ	發[ni]的音 例 España（西班牙） mañana（明天、早上）
q	que, qui=發[k]的音 例 queso（乳酪） quiosco（涼亭、販賣亭）
r	出現在字首、跟在l, n, s之後、以及rr重複並列時，發[r]的彈舌音 例 ración（一盤） churro（吉拿棒） alrededor（附近）
y	y+母音時，發[zi]或[y]的音。單獨出現或在字尾時，發[i]的音 例 yo（我） y（～和～） muy（非常）

※ 字尾的d幾乎不發音，或者發微弱的 [d] 或 [θ] 的音。 Madrid（馬德里）

※ j幾乎不發音，或者只發出微弱的音。 reloj（鐘、錶）

重音的位置

重音的位置，由字尾的音來決定。

①以子音n、s或母音結束的單字 → 倒數第2個母音

domingo（星期日）　martes（星期二）
②　①　②　①

②以n、s以外的子音結束的單字 → 最後1個母音

español（西班牙人、語）　ciudad（都市）
①　①

③標有重音記號的母音
（當重音的位置不符合①、②的規則時）

sábado（星期六）　lápiz（鉛筆）

此外，母音可分成強母音（a、e、o）和弱母音（i、u）兩種。強母音和弱母音組合在一起時，視為1個雙母音。

Francia（法國）
②　①

因為字尾的ia視為1個雙母音，所以重音落於r和n之間的a上。

名詞

名詞的陰陽性與單複數

西班牙語中，所有名詞都有「性別」，分為陰性名詞與陽性名詞。再者，名詞也會根據所指稱的人或物是單數還是複數，而改變其形態。

名詞的陰陽性

①表示生物的名詞：通常可以靠字尾區別是陰性（女性）還是陽性（男性）。

◆以-o結尾的名詞是陽性名詞，以-a結尾的名詞是陰性名詞

	朋友	兒子／女兒	祖父／祖母	狗	貓
陽性名詞（-o）	amigo	hijo	abuelo	perro	gato
陰性名詞（-a）	amiga	hija	abuela	perra	gata

◆表示男性的陽性名詞以子音結尾時，只要加上a就會變成表示女性的陰性名詞

	老師	西班牙人	日本人
陽性名詞	profesor	español	japonés
陰性名詞（+a）	profesora	española	japonesa

※也有些單字是陰陽性同形，例如：estudiante（學生）、taxista（計程車司機）等。

※還有些單字的陰性名詞和陽性名詞長得完全不一樣，例如：toro（公牛）和vaca（母牛）。

②表示無生物的名詞

◆以-o結尾的名詞多為陽性名詞，以-a結尾的名詞多為陰性名詞

陽性名詞（-o）	plano（地圖）	libro（書）	metro（地下鐵）	teléfono（電話）
陰性名詞（-a）	agenda（行事曆）	revista（雜誌）	bicicleta（單車）	oficina（辦公室）

※也存在著以-a結尾的陽性名詞和以-o結尾的陰性名詞。

※在字典上查名詞單字時，記得確認名詞的陰陽性。

名詞的單複數

名詞會根據所指稱的人或物的單複數，改變其單字形態。一般來說是依照下列規則，從單數形態變成複數形態。

◆名詞的單數與複數

	單數		複數
以母音結尾的名詞	amigo	＋s	amigos
	amiga		amigas
	estudiante		estudiantes
以子音結尾的名詞	profesor	＋es	profesores
	japonés		japoneses

※陽性名詞的複數形態所代表的含意有以下3種：①只有男性、②2個以上有男有女的群體、③雙親等成對的男女。例如，用padres（陽性名詞padre的複數）來表示padre（父親）＋madre（母親）＝雙親。

冠詞

冠詞分為定冠詞和不定冠詞，兩者都是放在名詞前面。冠詞會配合名詞的陰陽性和單複數改變形態，用來表示名詞所指稱的人或物是特定或不特定的。定冠詞用於話題中已出現的人或物，不定冠詞用於初次出現在話題中的人或物。

◆ 定冠詞與不定冠詞

		定冠詞＋名詞（老師）	不定冠詞＋名詞（老師）
男性	單數	el profesor	un profesor
	複數	los profesores	unos profesores
女性	單數	la profesora	una profesora
	複數	las profesoras	unas profesoras

※字首以a-、ha-開頭，且重音在字首的陰性名詞，定冠詞改用el，而不用la。

×la agua（水） → ○ el agua（水）

字首以a開頭，但重音不在字首的陰性名詞，定冠詞仍是使用la。la aduana（關稅）

※前置詞a（在、向、到～）或前置詞de（～的、來自～）後面接el的時候，須合併成一個單字，用al或del表示。

ir a el médico（去看醫生） → ir al médico

hombre de el tiempo（氣象播報員） → hombre del tiempo

形容詞

形容詞會配合名詞的陰陽性和單複數產生變化。形容詞直接修飾名詞時，語序為「名詞＋形容詞」。

①陽性形態以-o結尾的形容詞，和名詞一樣根據陰陽性和單複數有4種變化

◆ 例 名詞chico（男孩）＋形容詞guapo（美麗的／英俊的）

	男性（-o）	-o→-a	女性（-a）
單數	un chico guapo（英俊的男孩）	-o→-a	una chica guapa（美麗的女孩）
＋ -s	＋ -s		＋ -s
複數	unos chicos guapos（英俊的男孩們／人們）	-o→-a	unas chicas guapas（美麗的女孩們）

②陽性形態以-o以外的母音或子音結尾的形容詞，只會配合單複數產生變化，而不會配合陰陽性產生變化

◆ 例 名詞chico（男孩）＋形容詞amable（友善的）

	男性（-o）	女性（-a）
單數	un chico amable（友善的男孩）	una chica amable（友善的女孩）
＋ -s	＋ -s	＋ -s
單數	unos chicos amables（友善的男孩們／人們）	unas chicas amables（友善的女孩們）

※陽性形態以-or結尾的形容詞，或者表示地名、國名且陽性形態時以子音結尾的形容詞，則是透過字尾加上-a來變成陰性。

trabajador → trabajadora（勤勞的）　　japonés → japonesa（日本的）

人稱代名詞

代名詞的種類

代名詞包括以下種類：用來當作主詞的「人稱代名詞主格（以下稱：主詞的代名詞）」、用來當作直接受詞的「人稱代名詞直接受格（以下稱：直接受詞的代名詞）」，以及用來當作間接受詞「人稱代名詞間接受格（以下稱：間接受詞的代名詞）」等等。

◆代名詞

<table>
<tr><th colspan="3"></th><th>主詞的代名詞</th><th>直接受詞的
代名詞（把～）</th><th>間接受詞的
代名詞（對～）</th></tr>
<tr><td rowspan="4">單數</td><td>第一人稱</td><td>我</td><td>yo</td><td colspan="2">me</td></tr>
<tr><td>第二人稱</td><td>你</td><td>tú</td><td colspan="2">te</td></tr>
<tr><td rowspan="2">第三人稱</td><td>您</td><td>usted</td><td rowspan="2">lo／la</td><td rowspan="2">le（se）</td></tr>
<tr><td>他／她</td><td>él／ella</td></tr>
<tr><td rowspan="6">複數</td><td rowspan="2">第一人稱</td><td rowspan="2">我們</td><td>nosotros</td><td colspan="2" rowspan="2">nos</td></tr>
<tr><td>nosotras</td></tr>
<tr><td rowspan="2">第二人稱</td><td rowspan="2">你們</td><td>vosotros</td><td colspan="2" rowspan="2">os</td></tr>
<tr><td>vosotras</td></tr>
<tr><td rowspan="2">第三人稱</td><td>您（複數）</td><td>ustedes</td><td rowspan="2">los／las</td><td rowspan="2">les（se）</td></tr>
<tr><td>他們／她們</td><td>ellos／ellas</td></tr>
</table>

※ella、nosotras、vosotras、ellas、la、las為陰性形態。

※當間接受詞的代名詞和直接受詞的代名詞皆為第三人稱時，間接受詞的代名詞le、les會變成se。

主詞的代名詞

陽性的複數

nosotros、vosotros、ellos等陽性代名詞的複數，可指兩種狀況：①只有男性、②有男有女。陰性代名詞的複數，則是單指只有女性的時候。

指稱說話對象的tú和usted

說話對象若是關係親密的人時，使用tú；若是初次見面的人或長輩、上位者時使用usted。複數形態vosotros／vosotras和ustedes的使用規則也相同。

直接受詞的代名詞（把～）和間接受詞的代名詞（對～）

第一人稱和第二人稱同形，只有第三人稱不同形。

直接受詞的代名詞lo／los是指男性（陽性），la／las是指女性（陰性）。沒有人或物的差別，只有陰陽性的差別，所以無論是指稱人或指稱物，都是使用相同的形態。

動詞

動詞的變位（陳述式現在簡單時）—規則變化—

所有動詞都能依據不定詞（動詞的原形）的字尾，區分成3種類別，分別是ar動詞、er動詞和ir動詞。而動詞語尾的-ar、-er、-ir，會配合主詞的人稱和單複數產生6種變化，這種變化就稱為變位。如下表。

◆動詞配合主詞的人稱與單複數而產生的語尾變化

<table>
<tr><th></th><th></th><th></th><th>主詞的代名詞</th><th>ar動詞</th><th>er動詞</th><th>ir動詞</th></tr>
<tr><td rowspan="4">單數</td><td>第一人稱</td><td>我</td><td>yo</td><td colspan="3">-o</td></tr>
<tr><td>第二人稱</td><td>你</td><td>tú</td><td>-as</td><td colspan="2">-es</td></tr>
<tr><td rowspan="2">第三人稱</td><td>您</td><td>usted</td><td rowspan="2">-a</td><td colspan="2" rowspan="2">-e</td></tr>
<tr><td>他／她</td><td>él／ella</td></tr>
<tr><td rowspan="6">複數</td><td rowspan="2">第一人稱</td><td rowspan="2">我們</td><td>nosotros</td><td rowspan="2">-amos</td><td rowspan="2">-emos</td><td rowspan="2">-imos</td></tr>
<tr><td>nosotras</td></tr>
<tr><td rowspan="2">第二人稱</td><td rowspan="2">你們</td><td>vosotros</td><td rowspan="2">-áis</td><td rowspan="2">-éis</td><td rowspan="2">-ís</td></tr>
<tr><td>vosotras</td></tr>
<tr><td rowspan="2">第三人稱</td><td>您（複數）</td><td>ustedes</td><td rowspan="2">-an</td><td colspan="2" rowspan="2">-en</td></tr>
<tr><td>他們／她們</td><td>ellos／ellas</td></tr>
</table>

※規則動詞的變位參考p.41。

主詞的省略

西語的主詞資訊，已夾帶於動詞的語尾變化中，所以經常會省略主詞。

（你）會說西班牙語嗎？

¿Hablas español?

（你）說　西班牙語

會，（我）會說。

Sí, hablo español.

是的　（我）說　西班牙語

從語尾變化的-as，可看出主詞是「你」；從-o可看出主詞是「我」。

如何造句

直述句

基本語序：（主詞+）動詞+〔直接受詞〕+〔間接受詞〕+〔副詞子句〕

我寫電子郵件。

(Yo) Escribo un mail(correo electrónico) .

我　寫　不　陽電子郵件

我寫電子郵件給父母。

(Yo) Escribo un mail(correo electrónico) a mis padres.

我　寫　不　陽電子郵件　對~　我的　陽雙親

（我）在大學裡學西班牙語。

Estudio español en la universidad.

（我）學習　陽西班牙語　在~中　定　陰大學

否定句

將no放在變位後的動詞前面。

（我們）不會在12點吃午餐。

No comemos a las doce.

否定　（我們）吃午餐　在　定　12點

瑪麗亞不住在東京。

María no vive en Tokio.

瑪麗亞　否定　住　在~中　東京

疑問句

用問號（¿ ?）夾住句子前後。

以「是／不是」回答的疑問句

以「是／不是」回答的疑問句，有以下2種語序。

・句子採用和直述句相同語序，並以問號（¿ ?）夾住前後

瑪麗亞敢吃生的魚嗎？

¿María come pescado crudo?

瑪麗亞 吃 陽魚 生的

・將動詞放在主詞前面，採用「動詞＋主詞」的語序，並以問號（¿ ?）夾住句子前後

瑪麗亞敢吃生的魚嗎？

¿Come María pescado crudo?

吃 瑪麗亞 陽魚 生的

・以「是／不是」回答的方式

是的，（她）吃。

Sí, come pescado crudo.

是的 吃 陽魚 生的

不，（她）不吃。

No, no come pescado crudo.

不是 否定 吃 陽魚 生的

帶有疑問詞的疑問句

在一個以疑問詞開頭的疑問句中，要將主詞明確說出來的時候，一定要將主詞放在動詞後面，採「疑問詞＋動詞＋主詞」的語序，並以問號（¿ ?）夾住句子前後。

胡安念什麼科系？

¿Qué estudia Juan?

什麼 學習 胡安

他唸法律系。

Estudia Derecho.

學習 陽法律

反身動詞

西班牙語中，動詞若伴隨著有「把／對自己」之意的反身代名詞，就稱為反身動詞。這種動詞基本是表示「主詞進行的動作回到主詞自己身上」，反身代名詞除了第三人稱之外，其餘都與受詞的代名詞同形。

「levantar（舉、抬）」＋「反身代名詞se」
＝levantarse（把自己身軀立起來）➡起床

levantarse是一個中性的形態（記載在字典上的形態）。反身代名詞會跟著主詞的人稱、單複數而變形；當動詞產生變化，反身代名詞就會移到動詞前。

動詞levantar（舉、抬）是及物動詞，所以一個句子中必須像「A levantar B」這樣，具有「舉起某人或物的A」和「被舉起的B」兩個要素。當A自己起床時，因為西班牙語不像中文有「起床」這個動詞，所以就會變成「A levantar A」（A舉起A）→A se levanta（反身代名詞是「執行舉起動作的人」和「被舉起的人」為同一人的標記），表示的意思等同於中文的「起床」。

反身動詞還有許多其他不同的使用方式，但各位只要先記得基本含意是「主詞進行的動作回到主詞自己身上」就可以了。

本書聚焦於「與西班牙語的邂逅」，因此本書介紹的都是讓第一次接觸西班牙語的讀者能夠產生興趣，覺得自己也說得出西班牙語的句子和句型。

本書中統整出的句子和句型，有兩個要點。在瞭解這些要點後，就讓我們趕快開始進入正式學習吧。

・時態以陳述式現在簡單時為主

實際上，西班牙語還會配合過去、未來等各式各樣的時態，產生不同的語尾變化，但本書中介紹的內容，是以陳述式現在簡單時為主。

・省略主詞

西語中，主詞是第一人稱（說話者）、第二人稱（說話對象／聽話者）的時候，只要透過動詞的變化就能分辨出來，所以絕大部分的情況下都會省略。本書基本上也是將主詞省略。但為求貼近實際生活中的會話，所以遇到想要強調主詞等情況時，還是會加入主詞。

第1章

自我介紹

介紹打招呼和自我介紹時所使用的簡單句子。請搭配詢問者所使用的句子一起背誦，並試著在第一次見面時的對話中使用。

打招呼

●初次見面的招呼語

幸會。

Mucho gusto.／Encantado.／Encantada.

不論男女皆可使用　　由男性使用　　由女性使用

●日常的招呼語

嗨！

¡Hola!

早安。

Buenos días.

西班牙的午餐約在下午2點左右。午餐之前的說法是：Buenos días.

午安。

Buenas tardes.

晚上好。

Buenas noches.

也可使用於說「晚安」時

你身體還好嗎？

¿Cómo estás?／¿Qué tal?

兩者都經常使用

很好啊（非常好）。

(Muy) bien.

普普通通。

Así, así.

再見。

Adiós.

Hasta是「到～為止」的意思，所以是要表達「等到下次～再見面」時使用的句子

待會見。／下次見。

Hasta luego.

下次見囉。

Hasta la próxima.

明天見。

Hasta mañana.

下禮拜一見。

Hasta el lunes.

●道謝

（非常）謝謝。

(Muchas) gracias.

A usted是對第一次見面的人、長輩或上位者使用的客氣說法

不客氣。

De nada.

我才要謝謝您／你。

A usted./A ti.

●道歉

對不起。

Perdón.

沒關係。

No pasa nada.

●打電話

喂？（接到電話的人）

¡Dígame!/¡Diga!

兩者皆經常使用

喂？（打出電話的人）

¡Oiga!

在餐廳等店家中，也可使用這句話來叫住店員或服務生

介紹自己

學習重點看這裡 1 表達「我是（你是）～」的ser

學習重點看這裡 2 疑問句與否定句的造句法

Carmen

學習重點看這裡 1

你好！我是卡門。我是西班牙人。

¡Hola! Soy Carmen. Soy española.

嗨　是　卡門　是　(陰)西班牙人

Ken

妳好，卡門！幸會。

¡Hola, Carmen! Encantado.

嗨　卡門　幸會

我名叫健，是日本人。

Me llamo Ken. Soy japonés.

名叫～　健　是　(陽)日本人

Carmen

學習重點看這裡 2

幸會了，健，你來自東京嗎？

Encantada, Ken. ¿Eres de Tokio?

幸會　健　是　來自～　東京

Ken

學習重點看這裡 2

不，我不是來自東京。我是來自大阪。

No, no soy de Tokio. Soy de Osaka.

不　否定　是　來自～　東京　是　來自～　大阪

會話小提示

- 用「Me llamo＋自己的名字」，可表達出「我名叫～」的意思。
- de有「～的」、「來自～」的意思。用「動詞ser＋de＋地名」，可表達出「我來自～（地名）」、「我是～（地名）人」之意。

學習重點看這裡 1

「我（你）是～」（主詞為單數時的ser①）

描述自己或對方時，動詞ser會配合主詞（我／你）而產生變化。西班牙語可透過動詞的變化，來看出搭配的主詞為何，因此通常都會將主詞省略，但想要強調主詞時，則會說出主詞。

◆**動詞ser的變位（第一人稱單數與第二人稱單數）**

	主詞	ser的變位	+	名詞
我（第一人稱單數）	yo	soy	+	名字、人種、職業等
你（第二人稱單數）	tú	eres	+	

Yo soy Carmen. 我是卡門。

主詞 + 動詞ser

↓

Soy Carmen. （我）是卡門。

我是瑪麗亞。我是西班牙人。

Soy María. Soy española.

是 瑪麗亞 是 陰西班牙人

因為說話者（主詞）為女性，所以接在soy後面的名詞，須改成陰性名詞

我是卡門。我是西班牙人。

Yo soy Carmen. Yo soy española.

我 是 卡門 我 是 陰西班牙人

我是阿隆索。我是西班牙人。

Soy Alonso. Soy español.

是 阿隆索 是 陽西班牙人

因為說話者（主詞）為男性，所以使用陽性名詞español

學習重點看這裡 2

「你是～嗎？」的詢問與回答方式

●疑問句

只要將直述句的前後以問號（¿?）夾住，即可造出以「是（sí）／不是（no）」回答的疑問句。

當作問句時，語調必須在句尾上揚

你是西班牙人。
Eres española. ➡ 你是西班牙人嗎？
¿Eres española?

●否定句

造否定句時，在變位後的動詞前加上no即可。

（我）是西班牙人。
(Yo) soy española.
動詞ser

➡ （我）不是西班牙人。
(Yo) no soy española.
（主詞）＋否定＋動詞

荷西，你是西班牙人嗎？

José, ¿eres español?

荷西　是　陽西班牙人

你來自東京嗎？

¿Eres de Tokio?

是　來自～　東京

對，我來自東京。

Sí, soy de Tokio.

是的　是　來自～　東京

不是，我不是來自東京。

No, no soy de Tokio.

不是　否定　是　從～　東京

◎國家與國籍（～人）

	國家	國籍（～人）	
西班牙	España	陽 español	陰 española
日本	Japón	陽 japonés	陰 japonesa
美國	Estados Unidos de América	陽陰 estadounidense	
墨西哥	México	陽 mexicano	陰 mexicana
祕魯	Perú	陽 peruano	陰 peruana
智利	Chile	陽 chileno	陰 chilena
阿根廷	Argentina	陽 argentino	陰 argentina
法國	Francia	陽 francés	陰 francesa
葡萄牙	Portugal	陽 portugués	陰 portuguesa
英國	Inglaterra	陽 inglés	陰 inglesa
中國	China	陽 chino	陰 china

表示國籍的陽性名詞，也可當作該國語言的名稱。

西班牙男性／西班牙語　español

日本男性／日語　japonés

表達出身地與職業

學習重點看這裡 1 表達「他（她）是～」的ser

學習重點看這裡 2 含有疑問詞的疑問句的造句法

學習重點看這裡 2

她是誰？

¿Quién es ella?

誰 是 她

學習重點看這裡 1

（她）是胡莉亞，是西班牙人。

Es Julia. Es española.

是 胡莉亞 是 陰西班牙人

（她）從事什麼工作？

¿A qué se dedica?

於～ 什麼 從事

（她）是西班牙語的老師。

Es profesora de español.

是 陰老師 的 陽西班牙語

會話小提示

- 想要說「～（科目）的老師／學生」時，只要在「profesor（老師）／estudiante（學生） de」後面加上語言或科目名即可。若是科系名（大學主修科目），則科系名的字首必須大寫。 例 profesor de español（西班牙語的老師）、estudiante de Derecho（法律〈法學院〉的學生）

學習重點看這裡 1

「他（她）是～」（主詞為單數時的ser②）

當話題的內容是說話者和說話對象以外的第三者時，動詞ser的變位如下。當動詞為第三人稱的變位時，因其主詞有多種可能性（他／她／它），所以若想避免主詞曖昧不明的話，可在句中加入主詞。

◆**動詞ser的變位（第三人稱單數）**

	主詞	ser的變位
他／她（第三人稱單數）	él／ella	es

Yo soy Julia. 我是胡莉亞。
主詞 + 動詞ser

ser配合主詞yo變成soy

Ella es Julia. 她是胡莉亞。
主詞 + 動詞ser

ser配合主詞ella變成es

她是老師。

Es profesora.

是 陰老師

（他）是馬汀。（他）是老師。

Es Martín. Es profesor.

是 馬汀 是 陽老師

因為主詞為男性，所以profesora要變成陽性名詞profesor

她是公務員。

Ella es funcionaria.

她 是 陰公務員

他是公務員。

Él es funcionario.

他 是 陽公務員

名詞配合主詞的性別產生變化

學習重點看這裡 2

使用疑問詞詢問各種問題

一個始於疑問詞的疑問句中，若含有主詞時，則主詞要放在動詞後面，並將句子的前後以問號（¿?）夾住。

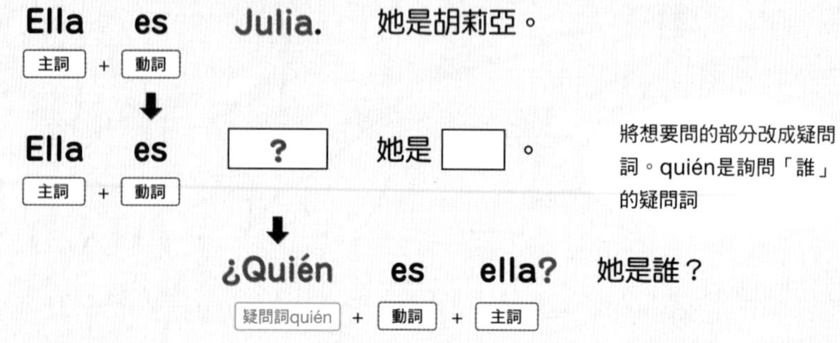

這個是什麼？

¿Qué es esto?

什麼　是　這個

關於「什麼」的疑問詞，將在第2章詳細介紹

（她）從事什麼職業？

¿A qué se dedica (ella) ?

於～　什麼　從事　她

se dedica a～是「他／她從事～（職業）」的意思。前置詞a必須和取代「～」部分的qué，一起移到句首

這些單字一起記！ 2

09

◎職業

學生	陽陰 estudiante
教師	陽 profesor
	陰 profesora
建築師	陽 arquitecto
	陰 arquitecta
醫生	陽 médico
	陰 médica
護士	陽 enfermero
	陰 enfermera
設計師	陽 diseñador
	陰 diseñadora
服務生	陽 camarero
	陰 camarera
工程師	陽 ingeniero
	陰 ingeniera
畫家	陽 pintor
	陰 pintora
歌手	陽陰 cantante
律師	陽 abogado
	陰 abogada
空服員	陽 azafato
	陰 azafata
廚師	陽 cocinero
	陰 cocinera
店員	陽 dependiente
	陰 dependienta
公務員	陽 funcionario
	陰 funcionaria
心理師	陽 psicólogo
	陰 psicóloga
男演員／女演員	陽 actor
	陰 actriz
記者	陽陰 periodista
導遊	陽陰 guía

練習題

1 請畫線將情境與適合使用的句子連起來。

1 早上見面的招呼 •　　• a. Buenas tardes.

2 下午3點見面的招呼 •　　• b. ¡Hola!

3 分開時說的話 •　　• c. Gracias.

4 表達感謝的話 •　　• d. Adiós.

5 任何時間都可用來打招呼的話 •　　• e. Buenos días.

2 請選出符合下列中文的適當片語，將句子完成。

1 我名叫馬力歐。我是來自馬德里的西班牙人。

Me llamo Mario. ______, de Madrid.

①Soy español ②Soy española ③Es español

2 我是花子（Hanako）。幸會。

Me llamo Hanako. ______.

①Encantado ②Encantada ③Encantadas

3 我不是來自東京。

______ Tokio.

①No soy de ②Sí soy de ③No soy

3 請選出符合下列中文內容的適當單字（國籍），並改成適當的形態，填入畫線部分。

1 她來自利馬。

Ella es de Lima. Es ________________.

2 他來自洛杉磯。

Él es de Los Ángeles. Es ________________.

3 她來自巴黎。

Ella es de París. Es ________________.

4 太郎（Taro）來自大阪。

Taro es de Osaka. Es ________________.

japonés	peruano	estadounidense	francés

4 請將下列陽性名詞改為陰性名詞，陰性名詞改為陽性名詞。

1 profesor（老師）➡ ________________

2 funcionaria（公務員）➡ ________________

3 actriz（女演員）➡ ________________

解答

1 1 e 2 a 3 d 4 c 5 b

2 1 ① 2 ② 3 ①

3 1 peruana 2 estadounidense 3 francesa 4 japonés

4 1 profesora 2 funcionario 3 actor

介紹家人

學習重點看這裡 1 表達「～們是……」的ser

學習重點看這裡 2 表達是「誰的（東西）」

María

學習重點看這裡 1

健，你家有幾個人？

Ken, ¿cuántos sois en tu familia?

健 多少 是 在 你的 陰家人

Ken

學習重點看這裡 2

父母和我，一共三個人。

Somos tres en mi familia; mis padres y yo.

是 3 在 我的 陰家人 我的 陽雙親 和 我

María

你的父母是什麼樣的人？

¿Cómo son tus padres?

如何的 是 你的 陽雙親

Ken

我父親名叫隆史（Takashi），是公務員，個子很高。

Mi padre se llama Takashi. Es funcionario. Es alto.

我的 陽父親 名叫～ 隆史 是 陽公務員 是 個子高

我母親名叫真理子（Mariko）。

Mi madre se llama Mariko.

我的 陰母親 名叫～ 真理子

（她）長得瘦瘦的，留長頭髮。

Es delgada y tiene el pelo largo.

是 瘦的 和 擁有 定 陽頭髮 長的

會話小提示

- 想要說「他／她名叫～」時，使用的是se llama～.的句型。

「～們是……」（主詞為複數時的ser）

當主詞是複數時，動詞ser的變位如下。如果動詞ser的後面跟著名詞或形容詞時，就必須搭配主詞的陰陽性和單複數做出變化。

◆**動詞ser的變位（複數形）**

	主詞	ser的變位
我們（第一人稱複數）	nosotros	somos
	nosotras	
你們（第二人稱複數）	vosotros	sois
	vosotras	
您（複數）	ustedes	son
他們／她們（第三人稱複數）	ellos／ellas	

nosotras和vosotras是使用於只有女性的時候

ustedes不會因是男是女而產生變化

※陽性複數有可能是只有男性、有男有女，或指一對男女

Yo soy profesor. 我是老師。

主詞 + 動詞ser

Nosotros somos profesores. 我們是老師。

主詞 + 動詞ser

馬力歐和瑪麗亞的個子很高。

Mario y María son altos.

馬力歐 和 瑪麗亞 是 個子高的

瑪麗亞和胡安娜的個子很高。

María y Juana son altas.

瑪麗亞 和 胡安娜 是 個子高的

因為是女性＋女性，所以使用陰性形式altas

學習重點看這裡 2

表達「誰的（東西）」的所有格形容詞

介紹人或物時，若想說那是「誰的（東西／誰）」，就將表示「～的」的所有格形容詞置於名詞前面。

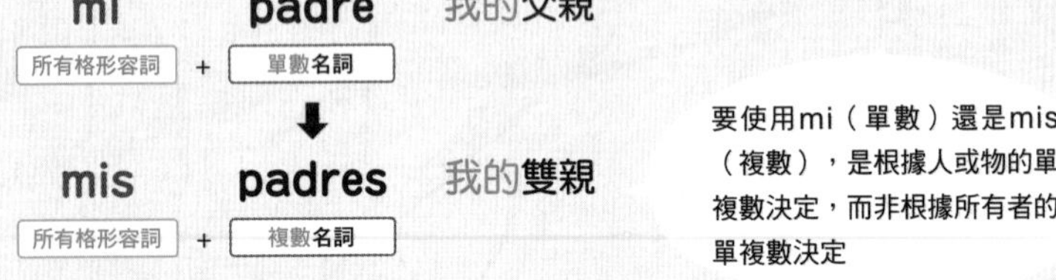

要使用mi（單數）還是mis（複數），是根據人或物的單複數決定，而非根據所有者的單複數決定

◆所有格形容詞的變位

	＋單數名詞		＋複數名詞
我的	mi	我的	mis
你的	tu	你的	tus
您的 他／她的	su	您的 他／她的	sus
我們的	nuestro nuestra	我們的	nuestros nuestras
你們的	vuestro vuestra	你們的	vuestros vuestras
您的（複數） 他們／她們的	su	您的（複數） 他們／她們的	sus

※「我們的」和「你們的」會配合後面的名詞的陰陽性與單複數而改變形態。
第三人稱的所有格形容詞，無論所有者是單數或複數都不會產生變化

我的母親

mi madre

我的　陰母親

我們的母親

nuestra madre

我們的　陰母親

這些單字一起記！ 3

◎身體特徵與性格

個子高的	alto	（人）美麗的／英俊的	guapo	大方的	generoso
個子矮的	bajo	醜的	feo	小氣的	tacaño
大的	grande	討人喜歡的	simpático	聰明的	inteligente
小的	pequeño	令人討厭的	antipático	有趣的	divertido
胖的	gordo	認真的	serio	友善的	amable
瘦的	delgado	勤勞的	trabajador	開朗的	alegre
可愛的	bonito	懶惰的	vago	善於交際的	sociable

當形容詞直接修飾名詞時，語序為「名詞＋形容詞」。以下就讓我們來看看形容身體特徵的例句吧。

艾蓮娜的頭髮是（長的／短的／捲的／直的）。
Elena tiene el pelo（largo／corto／rizado／liso）.

艾蓮娜的眼睛是（大的／小的／細長的／藍色的）。
Elena tiene los ojos （grandes／pequeños／rasgados／azules）.

詢問是否會說西班牙語

學習重點看這裡 1 動詞的3種基本類型

學習重點看這裡 1

健，（你）會說西班牙語嗎？

Ken, ¿hablas español?

健　說　陽西班牙語

Ken

會，一點點。

Sí, un poco.

是的　一點點

（我）現在正在語言學校學西班牙語。

Ahora aprendo español en una academia de idiomas.

現在　學習　陽西班牙語　在~中　不　陰學校　的　陽語言

（你）西班牙語說得真流利！

¡Hablas bien español!

說　流利地　陽西班牙語

會話小提示

- un poco意為「一點點（的）」，可用「un poco de＋單數名詞」表示「一點點的（名詞）」。 例 Un poco de pan, por favor.（請給我一點點麵包。）

學習重點看這裡 1

3種類型的動詞（ar動詞、er動詞、ir動詞）

西班牙語的動詞，根據語尾分成3類：ar動詞、er動詞和ir動詞。規則變化的動詞，會依據本身屬於其中的哪一類，決定該動詞將以何種模式，搭配主詞產生6種語尾變化。

◆**陳述式現在簡單時的動詞變位**

<table>
<tr><th></th><th>主詞</th><th>ar動詞
hablar（說）
habl-</th><th>er動詞
aprender（學習）
aprend-</th><th>ir動詞
vivir（住）
viv-</th></tr>
<tr><td>我</td><td>yo</td><td colspan="3">-o</td></tr>
<tr><td>你</td><td>tú</td><td>-as</td><td colspan="2">-es</td></tr>
<tr><td>您</td><td>usted</td><td rowspan="2">-a</td><td colspan="2" rowspan="2">-e</td></tr>
<tr><td>他／她</td><td>él／ella</td></tr>
<tr><td rowspan="2">我們</td><td>nosotros</td><td rowspan="2">-amos</td><td rowspan="2">-emos</td><td rowspan="2">-imos</td></tr>
<tr><td>nosotras</td></tr>
<tr><td rowspan="2">你們</td><td>vosotros</td><td rowspan="2">-áis</td><td rowspan="2">-éis</td><td rowspan="2">-ís</td></tr>
<tr><td>vosotras</td></tr>
<tr><td>您（複數）</td><td>ustedes</td><td rowspan="2">-an</td><td colspan="2" rowspan="2">-en</td></tr>
<tr><td>他們／她們</td><td>ellos／ellas</td></tr>
</table>

※拿掉語尾的-ar、-er、-ir，再配合主詞將這些變化加在語尾。
想要說「我說」的時候，就是在habl-的語尾加上-o，變成hablo

（你）住在馬德里嗎？

¿Vives en Madrid?

動詞vivir

不是，（我）不是住在馬德里。

No, no vivo en Madrid.

否定 + 動詞vivir

表達年齡

學習重點看這裡 1 用tener表達年齡

學習重點看這裡 2 對初次見面的人使用的usted

Sr. Tanaka

請給我一張65歲以上的門票。

Una entrada para mayores de 65[※1] años, por favor.

一張 | 陰門票 | 為了 | 陽陰65歲以上的人們 | 請

Taquillera（票務員）

學習重點看這裡 1·2

可是……請問您貴庚？

Pero, señor. ¿Cuántos años tiene usted?

但 | 陽先生 | 多少 | 陽歲 | 擁有 | 您

Sr. Tanaka

67歲。（將護照給對方看）這是我的護照。

Tengo 67[※2] años. Aquí tiene mi pasaporte.

擁有 | 67 | 陽歲 | 這裡 | 持、拿著 | 我的 | 陽護照

Taquillera（票務員）

好的。20歐元。

De acuerdo. 20 euros, por favor.

好的 | 20 | 陽歐元 | 請

※1 sesenta y cinco　※2 sesenta y siete

會話小提示

- por favor是「請、拜託」之意，經常使用於表達委婉請求的時候。
- señor（紳士）的後面加上名字時，代表「～先生」之意。此外，也可單獨使用於呼喊、叫住男性的時候。相同的用法，用於女性是señora，用於未婚女性則是señorita。
- 當我們遞出東西，要告訴對方「在這裡哦（請看）」、「請拿去」的時候，經常會使用Aquí tiene.。

學習重點看這裡 1

用tener表達年齡

表達年齡時，是使用具有「擁有」之意的動詞tener。tener是不規則變化的動詞，因此可能會比較難背，但這是十分常用的動詞，請務必記起來。

Tengo　67　años.（我）67歲。

動詞tener ＋ 數詞 ＋ año（s）

◆**動詞tener的變位**

	主詞	tener的變位		主詞	tener的變位
我	yo	tengo	我們	nosotros nosotras	tenemos
你	tú	tienes	你們	vosotros vosotras	tenéis
您	usted	tiene	您（複數）	ustedes	tienen
他／她	él／ella		他們／她們	ellos／ellas	

（你）幾歲？

¿Cuántos años tienes?

多少　陽歲　擁有

（我）25 歲。

Tengo 25 años.

擁有　25　陽歲

tener的各種用法

● 「擁有（物品等）」

（我）有一本西日辭典。

Tengo un diccionario español-japonés.

擁有 | 1 | 陽辭典 | 陽西班牙語 | 陽日語

● 「有（家人）」

（我）有3個兄弟姊妹。1個哥哥，2個姊姊。

Tengo tres hermanos: un hermano y dos hermanas.

擁有 | 3 | 陽兄弟姊妹 | 1 | 陽哥哥（弟弟） | 以及 | 2 | 陰姊姊（妹妹）

● 身體特徵

瑪麗亞有一雙藍眼睛。

María tiene los ojos azules.

瑪麗亞 | 擁有 | 定 | 陽眼睛 | 藍色

hermano也有「弟弟」之意，
hermana也有「妹妹」之意

● 狀態

（我）肚子好餓。

Tengo hambre.

擁有 | 陰空腹

※除了hambre之外，還可使用calor（暑熱）、frío（寒冷）、sed（口渴），來表示「覺得熱」、「覺得冷」、「感到口渴」等主詞的狀態。

學習重點看這裡 2

對初次見面的人使用的usted

說話對象是初次見面的人或長輩、上位者時，不能使用第二人稱的tú（你），須改用第三人稱的usted（您）。因為usted是尊稱，所以幾乎不會省略。

¿Habla usted español? 您說西班牙語嗎？

動詞 + 主詞

在疑問句中，主詞也經常會置於動詞之後

◆第三人稱單數的變位例子

	主詞	hablar（ar動詞）說	aprender（er動詞）學習	vivir（ir動詞）住
您	usted	habla	aprende	vive
他／她	él／ella			

（你）在學日語嗎？

¿Aprendes japonés?

學習　陽日語

您在學日語嗎？

¿Aprende usted japonés?

學習　您　陽日語

（你）住在馬德里嗎？

¿Vives en Madrid?

住　在~中　馬德里

您住在馬德里嗎？

¿Vive usted en Madrid?

住　您　在~中　馬德里

這些單字一起記！ 4

◎數詞

1	uno	11	once	21	veintiuno	31	treinta y uno
2	dos	12	doce	22	veintidós	32	treinta y dos
3	tres	13	trece	23	veintitrés	33	treinta y tres
4	cuatro	14	catorce	24	veinticuatro	40	cuarenta
5	cinco	15	quince	25	veinticinco	50	cincuenta
6	seis	16	dieciséis	26	veintiséis	60	sesenta
7	siete	17	diecisiete	27	veintisiete	70	setenta
8	ocho	18	dieciocho	28	veintiocho	80	ochenta
9	nueve	19	diecinueve	29	veintinueve	90	noventa
10	diez	20	veinte	30	treinta	100	cien

個位數是uno的時候，必須搭配後面的名詞的陰陽性，變成un或una。

例

1歐元　un euro　　1英鎊　una libra

21歐元　veintiún euros　　21英鎊　veintiuna libras

31歐元　treinta y un euros　　31英鎊　treinta y una libras

30以上的數詞，是用連接詞y（～和～）將十位數與個位數連接起來。

45 cuarenta y cinco　　56 cincuenta y seis

99 noventa y nueve

練習題

1 請利用下列單字造句，並將動詞ser改成適當的形態填入。

1 你們家有幾個人？ cuántos／en tu／familia

____

2 我們家有4個人。 en mi／cuatro／familia

____

3 我的兄弟姊妹非常友善。 hermanos／mis／amables／muy

____

2 請選出符合下列中文的適當片語，將句子完成。

1 我們的父母是老師。

______ son profesores.

①Mis padres ②Nuestros padres ③Nuestras padres

2 你的姊姊們討人喜歡嗎？

¿Tus hermanas ______?

①son simpáticos ②son simpáticas
③sois simpáticas

3 他們的兄弟個子很高。

Sus hermanos ______.

①son alto ②son altas ③son altos

練習題

3 請配合下列中文，將變位後的動詞填入畫線部分。

1 （你）會說日語嗎？ 會，（我）會說日語。

¿Hablas japonés? **Sí, __________ japonés.**

2 您住在馬德里嗎？ 不是。我住在塞哥維亞。

¿Usted vive en Madrid? **No. __________ en Segovia.**

3 （你們）在學西班牙語嗎？ 對，（我們）正在學西班牙語。

¿Aprendéis español? **Sí, __________ español.**

4 （你）在念書還是在工作？ （我）在銀行工作。

¿Estudias o trabajas? **__________ en un banco.**

4 請選出符合下列中文的適當單字，將句子完成。

1 （我）肚子餓。

______ hambre.

①Tengo ②Soy ③Tener

2 （你）幾歲？

¿Cuántos años ______?

①tienes ②son ③eres

3 我媽媽的眼睛很大。

Mi madre ______ los ojos grandes.

①es ②tiene ③tienen

解答

1 1 ¿Cuántos sois de familia? 2 Somos cuatro de familia.
3 Mis hermanos son muy amables.

2 1 ② 2 ② 3 ③

3 1 hablo 2 Vivo 3 aprendemos 4 Trabajo 4 1 ① 2 ① 3 ②

第2章

買東西

透過不同情境，介紹各種關於買東西時的表達方式。從表達願望的句型「想要～（東西）」、「想要做～（動作）」，到詢問衣服的尺寸是否合身、店家位置等各種買東西時經常會使用的句子，都會在本章中加以介紹。除此之外，還將介紹購買藥物等的情境中會使用的到句子，例如，如何說「～（部位）感到疼痛」以說明自己的症狀。

購物

學習重點看這裡1 表達「想要～」、「想要做～」的querer

學習重點看這裡2 表達「什麼」的qué

Dependiente（店員）

學習重點看這裡2

早安，請問您要找什麼嗎？

Buenos días. ¿Qué desea usted?

早安　什麼　希望　您

Carmen

學習重點看這裡1

（我）想要找白色的裙子。

Quiero una falda blanca.

想要　不　陰裙子　白色的

Dependiente（店員）

好的。請問您的尺寸是幾號？

De acuerdo. ¿Qué talla usa usted?

好的　什麼　陰尺寸　使用　您

Carmen

呃……38或40吧。要看是哪一個品牌。

Pues... la 38※1 o la 40※2, según la marca.

呃……　定　38　或　定　40　根據　定　陰品牌

※1 treinta y ocho　※2 cuarenta

會話小提示

- desea是desear的第三人稱單數形態，意指「（您）希望」。在商店裡瀏覽商品時，經常會聽到店員詢問¿Qué desea usted?。
- según是「依據～」的意思。

學習重點看這裡 1

用querer表達「想要～」、「想要做～」（詞幹母音變化動詞①）

說「想要～（東西）」、「想要做～（動作）」的時候，可使用動詞querer。動詞querer有「想要、愛」的意思，詞幹（規則變化中不會產生變化的部分）的e會變成ie。這種稱為不規則變化中的規則變化。

◆**動詞querer的變位**

	主詞	querer的變位		主詞	querer的變位
我	yo	quiero	我們	nosotros nosotras	queremos
你	tú	quieres	你們	vosotros vosotras	queréis
您	usted	quiere	您（複數）	ustedes	quieren
他／她	él／ella	quiere	他們／她們	ellos／ellas	quieren

※只有在主詞是「我們」和「你們」的時候，詞幹的母音不會變化

Quiero una falda （我）想要一件裙子。

動詞querer ＋ 直接受詞

Quiero ver unas gafas. （我）想要找一副眼鏡。

動詞querer ＋ 不定詞（動詞原形）

將不定詞（動詞原形）放在querer後面，用來表示「想要做～（動作）」之意

（你）想要什麼？

¿Qué quieres?

什麼 想要

（我）想要T恤。

Quiero una camiseta.

想要 不 陰T恤

學習重點看這裡 2

利用qué來詢問「什麼」

qué表示「什麼」之意，是一個經常使用的疑問詞。請參照第1章所介紹的疑問詞的造句方式（p.32）。

¿Qué talla usa usted? 請問您穿幾號※？

疑問詞qué ＋ 名詞 ＋ 動詞 ＋ 主詞

※什麼尺寸

Yo uso la talla 38. 我穿38號。

使用疑問詞的疑問句中，若帶有主詞時一定要將主詞放在動詞之後，並用問號夾住整個句子的前後。

●單獨使用qué

請問您要找什麼？

¿Qué desea usted?

什麼 希望 您

（我）需要一件參加宴會用的禮服。

Necesito un vestido para una fiesta.

需要 不 陽禮服 為了 不 陰宴會

●以qué＋名詞表示「什麼、怎樣的」

您的鞋子尺寸是（幾號）？

¿Qué numero calza usted?

什麼 陽（鞋子等的）尺寸 穿 您

我穿36號。

Calzo el 36.※

穿 定 36

※treinta y seis

這些單字一起記！ 5

23

◎服飾與顏色

服飾

褲子和鞋子因為是成對的，所以使用複數

顏色

白色的	blanco	紅色的	rojo	黃色的	amarillo	褐色的	marrón
黑色的	negro	藍色的	azul	綠色的	verde	灰色的	gris

挑選衣服

學習重點看這裡 1「這（近說話者）」、「那（近說話對象）」、「那（離兩者皆遠）」

Dependiente（店員）

學習重點看這裡 1

這件夾克非常漂亮哦。

Esta chaqueta es muy bonita.

這 陰夾克 是 非常 漂亮的

Carmen

是啊，可是我比較喜歡那一件。

Sí, pero me gusta más esa.

是的 但 對我 喜歡 更加 那個

Dependiente（店員）

那件也很漂亮。

También es bonita.

～也 是 漂亮的

（您）想穿穿看那件夾克嗎？

¿Quiere probarse esa chaqueta?

想要 試穿 那 陰夾克

Carmen

好……另外，（遠處的）那件（我）也想試穿看看。

Sí..., y quiero probarme también aquella.

好的 以及 想要 試穿 ～也 （遠處的）那個

會話小提示

- 想要透過跟其他東西做比較，說「我比較喜歡～」的時候，可使用me gusta más～（➡p.131）。
- probarse、probarme是反身動詞（動詞＋反身代名詞）（➡p.64）。沒有加上反身代名詞的probar，也經常使用來表達試吃、試喝之意。

學習重點看這裡 1

指示詞

接下來一起來學習指稱人或物時所使用的指示詞（「這（近說話者）」、「那（近說話對象）」、「那（離兩者皆遠）」）。依據距離說話者的遠近來決定要使用哪一個。指示詞會根據所指稱的人或物的陰陽性和數改變形態。

Esta falda es de seda. 這件裙子是絲質的。

指示詞 + 名詞

因為後面跟著名詞，所以將指示詞當作形容詞使用

↓

Esta es de seda. 這是絲質的。

指示詞

此處是將指示詞當作代名詞使用

◆ **指示詞的陰陽性與單複數**

陰陽性	單複數	這（近說話者）	那（近說話對象）	那（離兩者皆遠）
陽性形態	單數形態	este	ese	aquel
	複數形態	estos	esos	aquellos
陰性形態	單數形態	esta	esa	aquella
	複數形態	estas	esas	aquellas

這件夾克是絲質的，那件是棉質的。

Esta chaqueta es de seda y esa es de algodón.

這 陰夾克 以～製成 陰絲 以及 那 以～製成 陽棉

esa（那件）是指esa chaqueta（那件夾克）

那位女士是誰？

¿Quién es aquella señora?

誰 是 那 陰女性

（她）是我母親。

Es mi madre.

是 我的 陰母親

¿Quién es aquella?（那個是誰？）雖然也是正確的說法，但指稱人的時候，若只用指示詞而不加名詞會顯得不太禮貌

指稱不確定的物體時使用中性形態

在不知道名稱的情況下，當說話者一邊用手直接指出物體，一邊表達「這（近說話者）」、「那（近說話對象）」、「那（離兩者皆遠）」時，指示詞應使用中性的形態。

◆指示代名詞的中性形態

	這（近說話者）	那（近說話對象）	那（離兩者皆遠）
中性形態	esto	eso	aquello

這是什麼？

¿Qué es esto?

什麼 是 這

只要替換esto，就能以同樣的方式，詢問近說話對象或離兩者皆遠的「那個」

這是最新型的手機。

Es un móvil de última generación.

是 不 陽手機 最新的 陰世代

那是什麼？

¿Qué es aquello?

什麼 是 那

那個……啊，（那）是新開的劇場。

Aquello... ¡Ah! Es un teatro nuevo.

那 啊 是 不 陽劇場 新的

練習題

1 請將querer改成符合下列中文的適當形態，填入畫線部分。

1 （我）想要一件裙子。

__________ una falda.

2 您要試穿看看這件裙子嗎？

¿ Usted __________ probarse esta falda?

3 （我們）想要太陽眼鏡。

__________ unas gafas de sol.

2 請選出符合下列中文的適當單字，將句子完成。

1 這雙鞋子是皮革製的。

_____ zapatos son de piel.

①Estas ②Este ③Estos

2 那是什麼？ （那）是棒球場。

¿Qué es _____?　Es un estadio de béisbol.

①aquel ②aquella ③aquello

3 這把傘是瑪麗亞的，那把是卡洛斯的。

Este paraguas es de María y _____ es de Carlos.

①eso ②ese ③esa

解答

1 **1** Quiero **2** quiere **3** Queremos 2 **1** ③ **2** ③ **3** ②

試穿

學習重點看這裡1 表示「能夠～」的poder

學習重點看這裡2 用quedar表達對衣著的感受

Carmen

學習重點看這裡1

這件夾克（我）可以試穿嗎？

¿Puedo probarme esta chaqueta?

能夠 試穿 這 陰夾克

Dependiente（店員）

當然可以。那裡有試衣間。

Por supuesto. Allí está el probador.

當然 那裡 有 定 陽試衣間

Dependiente（店員）

學習重點看這裡2

還可以嗎？

¿Qué tal le queda?

如何？ 對您 適合

Carmen

對我來說有點大件。

Me queda un poco grande.

對我 適合 一點點 大的

有小1號的嗎？

¿Tiene una talla más pequeña?

擁有 1 陰尺寸 比較 小的

會話小提示

- 要說「當然」的時候，除了por supuesto以外，還可用Claro（que sí）.（當然〈可以〉）等說法來表達。
- 要說「小一號的」的時候，除了una talla más pequeña以外，還可用una talla menos來表達。要說「大一號的」的時候，則可用una talla más grande或una talla más來表達。

學習重點看這裡 1

「能夠～」（詞幹母音變化動詞②）

將不定詞（動詞的原形）放在動詞poder後用來表示「能夠～」。此外，將其意思加以延伸後，還可用來表示允許、請求等。poder是詞幹母音變化動詞，因此動詞變位時，詞幹（規則變化中不會產生變化的部分）的o會變成ue。

Yo puedo salir. 能夠出門。

主詞 + 動詞poder + 不定詞（動詞的原形）

將不定詞（動詞的原形）放在poder的後面，用來表示「能夠～」

◆ **動詞poder的變位**

	主詞	poder的變位		主詞	poder的變位
我	yo	puedo	我們	nosotros / nosotras	podemos
你	tú	puedes	你們	vosotros / vosotras	podéis
您	usted	puede	您（複數）	ustedes	pueden
他／她	él／ella	puede	他們／她們	ellos／ellas	pueden

〔可能〕今天（我）不能出門。

Hoy no puedo salir.

今天 不…… 能夠 出門

用「可以打開窗戶嗎？」的說法，來表示請求

〔請求〕（你）可以開一下窗嗎？

¿Puedes abrir la ventana?

能夠 打開 定 陰窗戶

是，當然可以。

Sí, claro.

是的 當然

〔許可〕（我）可以在這裡拍照嗎？

¿Puedo sacar fotos aquí?

能夠 拍攝 陰照片 這裡

也可加上no表示禁止。No puedes sacar fotos aquí.（（你）不可以在這裡拍照）

學習重點看這裡 2

用quedar表達對衣著的感受

動詞quedar有各種不同的意思，對話中以「主詞（衣著等）＋間接受詞的代名詞＋queda／quedan＋形容詞／副詞」的語序使用時，是表示「主詞（衣著等）對某人來說是……」之意。

夾克你穿起來如何？

¿Cómo te queda la chaqueta?

疑問詞 ＋ 間接受詞的代名詞 ＋ 動詞quedar ＋ 主詞

對我來說有點大。

Me queda un poco grande.

間接受詞的代名詞 ＋ 動詞quedar ＋ 形容詞子句／副詞子句

這雙鞋子對我來說太緊了。

Estos zapatos me quedan estrechos.

這些 陽鞋子 對我 狹窄的

形容詞須跟著主詞的陰陽性和單複數變化

間接受詞的代名詞

間接受詞的代名詞「對～」須放在變位後的動詞之前。

◆ **各種間接受詞的代名詞**

	間接受詞的代名詞		間接受詞的代名詞
對我	me	對我們	nos
對你	te	對你們	os
對您 對他／她	le	對您（複數） 對他們／她們	les

您會寫信給我嗎？

¿Me escribe usted?

對我 寫（信） 您

會的，（我）會寫信給您。

Sí, le escribo.

是的 對您 寫（信）

對親近的對象則是說Sí, te escribo.（嗯，（我）會寫信給你）

29

◎關於衣著的形容詞

中文	西班牙文	中文	西班牙文
大的	grande	花俏的	llamativo
小的	pequeño	（顏色等）不鮮豔的	apagado
長的	largo	剛剛好的	justo
短的	corto	緊的	muy justo
寬的	ancho	好看的	precioso
窄的	estrecho	好看的	mono

※mono是口語的用法

◎西班牙的鞋子與衣著的尺寸

讓我們來比較一下台灣和西班牙，在尺寸的標示上有什麼不同。下列對照表只是大致參考，可能會跟實際尺寸有所出入。建議在購買時先實際試穿看看。

鞋子的尺寸

台灣	22.5	23.0	23.5	24.0	24.5	25.0	25.5	26.0	26.5
西班牙	35	36	37	38	39	40	41	42	43

女裝的尺寸

台灣	S	M	L	LL	3L
西班牙	36	38	40	42	44

男裝的尺寸

台灣	S		M		L		XL	
西班牙	34	36	38	40	42	44	46	48

買衣服

學習重點看這裡 1 直接受詞的代名詞

學習重點看這裡 2 表示「買～」的comprarse

Carmen

這件夾克多少錢？

¿Qué precio tiene esta chaqueta?

什麼 ㊐價格 擁有 這 ㊐夾克

Dependiente（店員）

60歐元。

Son 60 euros.

是 60 ㊐歐元

Carmen

學習重點看這裡 1‧2

（我）要買那件。（我）刷卡付帳。

Me la compro. Pago con la tarjeta.

對我 把那個 買 支付 用 定 ㊐卡

Dependiente（店員）

好的。請您在這裡簽名。

De acuerdo. Su firma aquí, por favor.

好的 您的 ㊐簽名 這裡 請

會話小提示

- 表達「……是〈價錢〉」的時候，是使用「ser＋數詞」。數詞若是1，則ser要變成es；若是2以上，則變成son。要表達「2歐元50歐分」時，歐元和歐分之間以con連接，說法是dos euros con cincuenta céntimos。
- 信用卡的全名是la tarjeta de crédito，但經常簡稱為la tarjeta。
- 想要說「付現（現金支付）」的時候，則可說pagar en efectivo。
- 若用台灣發行的信用卡支付，有時候店員會詢問¿En divisas o en euros?，意思是「要用台幣還是歐元（支付）？」

學習重點看這裡 1

表示動作對象的直接受詞的代名詞

直接受詞的代名詞（「把～」）用於第一人稱（我〈們〉）和第二人稱（你〈們〉）時，與間接受詞的代名詞同形；但用在第三人稱時，則會根據指稱的人或物的陰陽性而改變其形態。

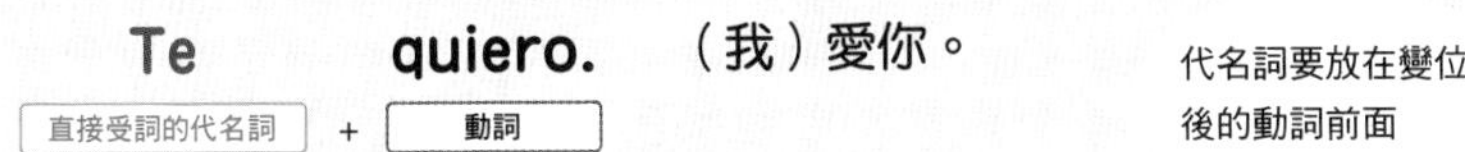

代名詞要放在變位後的動詞前面

◆ **直接受詞的代名詞**

	直接受詞的代名詞		直接受詞的代名詞
把我	me	把我們	nos
把你	te	把你們	os
把您 把他／她 把那個	陽 lo 陰 la	把您（複數） 把他們／她們 把那些	陽 los 陰 las

● 同時使用到直接和間接受詞的代名詞時，兩者的排列順序是「間接受詞的代名詞＋直接受詞的代名詞」

（你）可以把你的車借給我嗎？

¿Me dejas tu coche?

對我　借出　你的　陽車

不行，（我）那個不能借給你。

No, no te lo dejo.

不行　否定　對你　把它　借出

● 直接和間接受詞的代名詞都是第三人稱時，間接受詞的代名詞le、les會變成se

（您）可以把您的車借給他嗎？

¿Le deja usted su coche?

對他　借出　您　您的　陽車

好的，（我）把那個借給他。

Sí, se lo dejo.

是的　對他　把它　借出

學習重點看這裡 2

表示「買～（給自己用）」（反身動詞）

反身動詞是指伴隨著反身代名詞的動詞，表示與主詞相同的人或物的代名詞。反身動詞一般是用來表示「主詞的動作回到主詞自己身上」。

正如前面的情境會話中可以看到的，「買給自己用」的時候，西班牙語的思考邏輯是「我（為了我自己）買那個」。

將這兩個句子加以比較會發現，句中表示動作compro un anillo（我買戒指）的部分是相同的，不同的是「對誰」的部分

◆**反身動詞**comprarse（**買給自己用**）**的變位**

	主詞	comprarse的變位		主詞	comprarse的變位
我	yo	me compro	我們	nosotros / nosotras	nos compramos
你	tú	te compras	你們	vosotros / vosotras	os compráis
您	usted	se compra	您（複數）	ustedes	se compran
他／她	él／ella		他們／她們	ellos／ellas	

（我）買自己要用的電腦。

Me compro un ordenador.

對我　買　不　電腦

直接受詞是代名詞的時候，語序是「反身代名詞＋直接受詞的代名詞」。Me lo compro.（我買那個給自己用。）

詢問價格

詢問價格時，除了情境會話中的¿Qué precio tiene esta chaqueta?（這件夾克多少錢？）之外，還有以下說法：

這條褲子的價格是多少？

¿Cuánto cuestan/valen estos pantalones?

多少 | 花費 | 這 | 陽褲子

全部多少錢？

¿Cuánto es en total?

多少 | 是 | 全部

這是使用於付帳時已經決定要買的狀況

為了要聽懂價格，所以接下來就要來學習100以上的數詞怎麼說。100是cien，101以上則是使用ciento。200～900有陰陽兩種形態。另外，個位數是1的時候，必須配合接在後面的名詞的陰陽性，變成un或una（p.46）。

◆ **100～1,000的數字說法**

100	cien
101	ciento uno
122	ciento veintidós
200	doscientos
	doscientas
300	trescientos
	trescientas
400	cuatrocientos
	cuatrocientas
500	quinientos
	quinientas
600	seiscientos
	seiscientas
700	setecientos
	setecientas
800	ochocientos
	ochocientas
900	novecientos
	novecientas
1.000	mil

歐元是陽性名詞，英鎊是陰性名詞，所以和數字放在一起時，數字的形態會改變

101歐元	ciento un euros	101英鎊	ciento una libras
200歐元	doscientos euros	200英鎊	doscientas libras

練習題

1 請選出符合下列中文的適當單字或片語，將句子完成。

1 （試穿後）裙子如何？

¿Cómo ______ queda la falda?

①tú ②le ③usted

2 對我來說有點長。

______ queda un poco larga.

①Me ②Yo ③Mi

3 這雙鞋子對你來說會太緊嗎？

¿Estos zapatos te ______?

①queda estrecho ②quedan estrecho
③quedan estrechos

4 我們在車站等你們。

______ en la estación.

①Esperamos os ②Os esperamos ③Nos esperáis

2 請將poder改成符合下列中文的適當變位，填入畫線部分。

1 （我們）可以在美術館內拍照嗎？

¿__________hacer fotos dentro del museo?

2 （你）明天可以出門嗎？

¿__________salir mañana?

3 可以請您幫忙開窗嗎？

¿__________usted abrir la ventana?

3 請選出下列數字的正確唸法。

1 121 euros（121歐元）
①ciento veintiún ②cien veintiún ③ciento veintiuno

2 100 chicas（100名女性）
①cien ②ciento ③cientos

3 241 libras（241英鎊）
①doscientos cuarenta y uno
②doscientas cuarenta y un
③doscientas cuarenta y una

4 請選出符合下列中文的適當片語，將句子完成。

1 （你）可以把你的手機借給我嗎？ 不行，我不要借你。
¿Me dejas tu móvil? **No, no ______.**
①te lo dejo ②dejo te lo ③te dejo lo

2 （你）要買這副眼鏡（給自己用）嗎？ 對，我要買。
¿Te compras estas gafas? **Sí, ______.**
①me compro las ②me las compro ③compro me las

3 （我）幫你買這雙鞋。
______ estos zapatos.
①Te compro ②Compro te ③Me compras

解答

1 1② 2① 3③ 4② 2 1 Podemos 2 Puedes 3 Puede

3 1① 2① 3③ 4 1① 2② 3①

在市場裡買東西

學習重點看這裡 1 表示「～在……」的estar

學習重點看這裡 2 表示「哪裡」的dónde

Ken

請給我3顆蘋果。

Tres manzanas, por favor.

3 / 陰蘋果 / 請

Dependienta（女店員）

其他還需要什麼嗎？

¿Algo más?

什麼 / 更多

學習重點看這裡 1·2

Ken

不，不用了，謝謝。

No, nada más. Gracias.

不 / 什麼都（沒有） / 更多 / 陰謝謝

對了，請問麵包店在哪裡？

Por cierto, ¿dónde está la panadería?

對了（改變話題） / 哪裡 / 存在 / 定 / 陰麵包店

Dependienta（女店員）

就在肉鋪和花店之間。

Está entre la carnicería y la floristería.

存在 / 之間 / 定 / 陰肉鋪 / 和 / 定 / 陰花店

會話小提示

- 在咖啡廳等的店家點餐時，只要將「數詞＋想要的東西名稱」加上por favor，就能表示「請給我～」之意。

34

學習重點看這裡 1

「～在……」（動詞estar的用法①）

動詞estar是用來表示人或物的所在，意為「在～／存在於～」。

◆**動詞estar的變位**

	主詞	estar的變位		主詞	estar的變位
我	yo	estoy	我們	nosotros nosotras	estamos
你	tú	estás	你們	vosotros vosotras	estáis
您	usted	está	您（複數）	ustedes	están
他／她	él／ella		他們／她們	ellos／ellas	

La panadería está allí 麵包店在那裡。

主詞 + 動詞estar

各種表示位置關係的說法

麵包店在花店的＿＿＿。

La panadería está ＿＿＿ la floristería.

定　陰麵包店　存在　定　陰花屋

請試著說明位置（替換練習）

（～的）隔壁	al lado de	～的附近	cerca de
～的左側	a la izquierda de	～的後面	detrás de
～的右側	a la derecha de	～的前面	delante de
～的對面	enfrente de	距離～的遠處	lejos de

學習重點看這裡 2

使用dónde詢問場所：「～在哪裡？」

詢問場所時，是使用表示「哪裡」的疑問詞dónde。當主詞不省略時，dónde放在動詞後面，語序為「¿Dónde＋動詞＋主詞?」。

麵包店在哪裡？
¿Dónde está la panadería?
疑問詞dónde ＋ 動詞estar ＋ 主詞

麵包店在2樓。
La panadería está en la primera planta.

普拉多美術館在哪裡？

¿Dónde está el Museo del Prado?

哪裡 存在 陽普拉多美術館

在馬德里。

Está en Madrid.

存在 在~中 馬德里

瑪麗亞在哪裡？

¿Dónde está María?

哪裡 存在 瑪麗亞

（她）在圖書館。

Está en la biblioteca.

存在 在~中 定 陰圖書館

（你們）住在哪裡？

¿Dónde vivís?

哪裡 住

（我們）住在東京。

Vivimos en Tokio.

住 在~中 東京

詢問出身地時要注意語序

要詢問「瑪麗亞來自哪裡？（瑪麗亞是哪裡人？）」時，英語會說Where is María from?，但西班牙語是說¿De dónde es María?。前置詞de雖然相當於英語的from，但de是置於疑問詞dónde前面。讓我們來看看de dónde，以及其他前置詞與疑問詞的組合。

María es de ［ ? ］. （瑪麗亞來自［ ］。）

瑪麗亞　是　從~

⬇

¿De ［dónde］ es María? （瑪麗亞來自哪裡？）

從~　哪裡　是　瑪麗亞

dónde移動到句首時，前置詞de也要跟著移動到句首

María habla sobre ［ ? ］. （瑪麗亞在說關於［ ］的事情。）

瑪麗亞　說　關於~

⬇

¿Sobre ［qué］ habla María? （瑪麗亞在說關於什麼的事情？）

關於~　什麼　說　瑪麗亞

qué移動到句首時，前置詞sobre也要跟著移動到句首

這些單字一起記！ 7

◎商店和食物的名稱

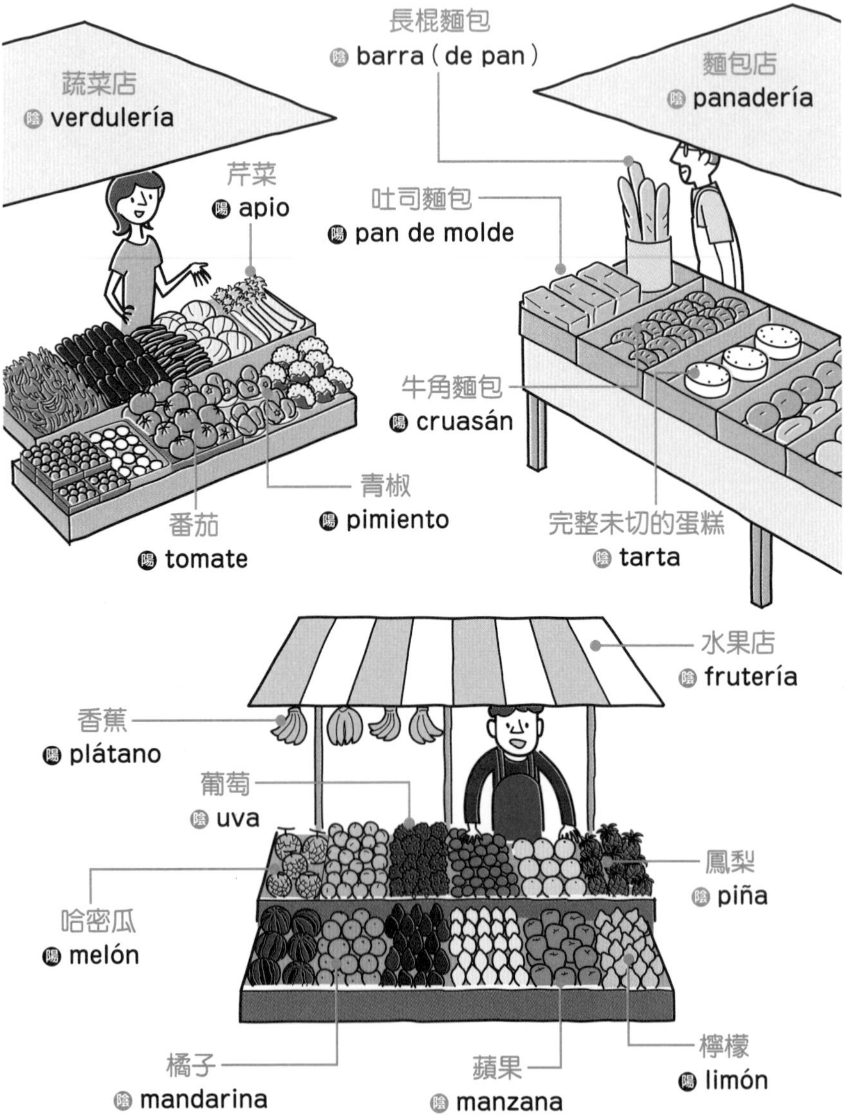

蔬菜店
(陰) verdulería

芹菜
(陽) apio

番茄
(陽) tomate

青椒
(陽) pimiento

長棍麵包
(陰) barra（de pan）

麵包店
(陰) panadería

吐司麵包
(陽) pan de molde

牛角麵包
(陽) cruasán

完整未切的蛋糕
(陰) tarta

水果店
(陰) frutería

香蕉
(陽) plátano

葡萄
(陰) uva

鳳梨
(陰) piña

哈密瓜
(陽) melón

橘子
(陰) mandarina

蘋果
(陰) manzana

檸檬
(陽) limón

其他商店名稱

肉鋪	陰 carnicería	蛋糕店	陰 pastelería	花店	陰 floristería
魚鋪	陰 pescadería	香腸火腿店	陰 charcutería	書店	陰 librería

其他食物名稱

柳橙	陰 naranja	馬鈴薯	陰 patata	雞肉	陽 pollo
草莓	陰 fresa	小黃瓜	陽 pepino	羊	陽 cordero
西瓜	陰 sandía	洋蔥	陰 cebolla	魚	陽 pescado
切片蛋糕	陽 pastel	高麗菜	陽 repollo	章魚	陽 pulpo
千層餅	陽 hojaldre	酪梨	陽 aguacate	魷魚	陽 calamar
糖果	陽 caramelo	牛肉	陰 ternera	蝦	陰 gamba
巧克力	陽 chocolate	豬肉	陽 cerdo	貽貝	陽 mejillón
巧克力夾心千層酥			陰 napolitana de chocolate		
奶油夾心千層酥			陰 napolitana de crema		

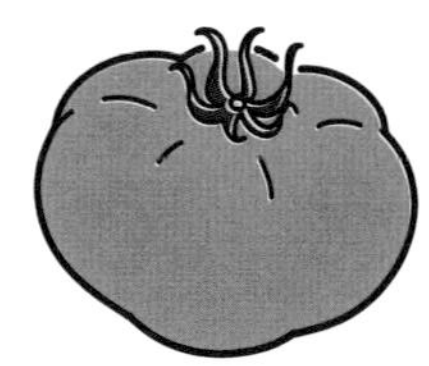

問路

學習重點看這裡 1 表示「有（存在）」的hay

學習重點看這裡 2 表示「有（存在）」的estar和hay

Ken

學習重點看這裡 1

不好意思，請問這附近有藥局嗎？

Perdón. ¿Hay una farmacia por aquí?

不好意思　存在　不　(陰)藥局　一帶　這裡

Peatona（行人）

學習重點看這裡 2

有，這附近有一間藥局。走過去要5分鐘。

Sí, hay una cerca de aquí. Cinco minutos a pie.

是的　存在　不　附近　這裡　5　(陽)分鐘　用走路

這條路直走下去的右側，有一間戈梅茲藥局。

Sigue recto por esta calle y a la derecha

前進　直直地　經由　這　(陰)道路　然後　在右邊

está la Farmacia Gómez.

存在　定　(陰)藥局　戈梅茲

Ken

非常感謝您，女士。

Muchas gracias, señora.

很多　(陰)感謝　(陰)女士

會話小提示

- a pie是「用走路的」之意。pie是「腳」的意思。
- Sigue表示對tú（你）下達「前進」的命令（➡p.113）。原形是seguir（前進）。
- 當對方道謝完，想要回答「不客氣」時，可以說De nada.。

學習重點看這裡 1

表示「有（存在）～」的hay

hay是動詞haber的陳述式現在簡單時第三人稱單數的其中一個形態。相當於英語的there is～、there are～，用來指稱不特定的人或物的存在。

無論存在的人或物是單數或複數，hay的形態都不會改變

這附近有藥局。

Hay una farmacia cerca de aquí.

動詞haber ＋ 不特定的人或物

車站附近有很多飯店。

Cerca de la estación hay muchos hoteles.

的附近 定 陰車站 存在 很多的 陽飯店

冰箱裡有什麼？

¿Qué hay en la nevera?

什麼 存在 在~中 定 陰冰箱

有蛋、乳酪、牛奶。

Hay huevos, queso y leche.

存在 陽蛋 陽乳酪 和 陰牛奶

廣場上有很多人。

En la plaza hay mucha gente.

在~中 定 陰廣場 存在 很多的 陰人

學習重點看這裡 2

表示「有（存在）」的estar和hay的差別

雖然estar和hay都是表示「有（存在）」，但在使用時有十分明確的區分規則。hay是用在將「人或物存在（或不存在）」的狀況，當成一個資訊提供給別人時，而estar則是著眼於特定的人或物，說明這個人或物位於哪裡，也就是表達人或物的「所在位置」。區分這兩種動詞的使用方式時，也會關係到人或物是以什麼形態出現在句中。

●主詞（特定的人或物）＋estar

中央飯店在車站附近嗎？

¿El Hotel Central está cerca de la estación?

特定的人或物 ＋ 動詞estar

表達特定的人或物，包括帶有定冠詞的名詞、主詞的代名詞、或專有名詞等

●hay＋不特定的人或物

車站附近有飯店嗎？

¿Hay un hotel cerca de la estación?

動詞haber ＋ 不特定的人或物

表達不特定的人或物，包括帶有不定冠詞的名詞、無冠詞的名詞、數詞＋名詞等

（那些）孩子們在電影院裡。

Los niños están en el cine.

定 陽孩子們 存在 在~中 定 陽電影院

說話者和說話對象都能指出「就是那些孩子們」在電影院裡

電影院裡有一些孩子。

En el cine hay unos niños.

在~中 定 陽電影院 存在 不 陽孩子們

純粹提供「有一些孩子在電影院裡」的資訊

專欄

在西班牙購物與用餐

說到旅行的樂趣，當然會想到「購物」。El Corte Inglés是西班牙唯一的連鎖百貨公司，走進El Corte Inglés，會發現從食品到服飾、包包、首飾、日常用品、電器製品、書籍、文具、伴手禮等等，各式各樣的商品應有盡有。在這裡購物的退稅手續也很簡單，只要帶著護照去，就可以向他們申辦一張觀光客用的購物通行卡※（將購買時支付的10%金額退還到卡中，可在下次購物時折抵金額），大家不妨也撥個時間去逛逛。

結帳時，若要刷信用卡，店員可能會要求出示護照。這時你可能會想說：「店員在懷疑我嗎？」但即使是西班牙人，也都會被要求出示DNI（Documento Nacional de Identidad身分證），因此不必操心。

旅行的另外一項樂趣，大概就是「吃」了。在大城市裡，下午2點到5點是他們的午休時間，所以個人經營的商店會在這個時候暫停營業，不過這種狀況現在似乎有變少的趨勢。其實，西班牙的午餐時間是從下午2點左右開始。如果中午12點就上餐館的話，有些店家可能會還沒開始提供餐點，因此要特別留意。多數餐廳都是在下午1點左右開始提供午餐。因為午餐吃得晚，所以吃晚餐的時間也很晚，大約都是晚上9點才開始。一般人會將晚餐視為一整天最主要的一餐，但西班牙的生活形態則是「午餐吃得豐盛，晚餐吃得簡單」。

雖說如此，週末和朋友相聚的時候就不太一樣了。晚上9點起，餐廳就會逐漸開始客滿，朋友之間的談天說笑會一直持續到深夜。年輕人之後可能還會一起到夜店跳舞，有時會一直玩到早上才回家。

※也有突然取消的可能性，請確認最新資訊

喉嚨痛

學習重點看這裡 1 表示「感到～疼痛」的doler

學習重點看這裡 2 表示「喜歡～」、「討厭～」的gustar

Ken

學習重點看這裡 1

（在藥局）不好意思，我喉嚨痛。

Buenos días. Me duele la garganta.

早安　對我　痛的　定　陰喉嚨

Farmaceútica（藥劑師）

（你）想要試試看糖漿嗎？

¿Quieres un jarabe?

想要　不　陽糖漿

Ken

學習重點看這裡 2

不，我不喜歡糖漿。

No, no me gusta el jarabe.

不　否定　對我　喜歡　定　陽糖漿

（我）想服用藥丸。

Quiero unas pastillas.

想要　不　陰藥丸

Farmaceútica（藥劑師）

這樣的話，那（我）給您一盒阿斯匹靈。

Pues te doy una caja de aspirinas.

那麼　對你　給　1　陰盒　的　陰阿斯匹靈

會話小提示

- 在西班牙語中，要表達「討厭……」的時候，一般會採用「no＋間接受詞的代名詞＋gustar＋主詞」（不喜歡）的說法。有時候也會用動詞odiar（厭惡），來表示「非常討厭」。 例 Odio el tabaco.（（我）非常討厭香菸。）

學習重點看這裡 1

用doler來表達「感到～疼痛」

讓我們來學習動詞doler（感到痛）的用法，以便於在受傷或是生病時表達「～（部位）感到疼痛」。想要說「～（人）感到……（部位）痛」時，須將感到疼痛的人，置換成間接受詞的代名詞，並將感到痛的部位當作主詞。

Me duele la cabeza. 我（感到）頭痛。

間接受詞的代名詞 ＋ 動詞doler ＋ 疼痛的部位

◆ **動詞doler的變位**

（doler的變位與疼痛的部位（主詞）一致）

感到疼痛的人（間接受詞的代名詞）	doler的變位	疼痛的部位（主詞）
me（對我） te（對你） le（對他／她／您）	duele	la cabeza（頭）、la nariz（鼻子）、el ojo derecho（右眼）等
nos（對我們） os（對你們） les（對他們／她們／您<複數>）	duelen	las piernas（雙腿）、 las manos（雙手）、 los ojos（雙眼）等

你是不是腿痛？

¿Te duelen las piernas?

對你　感到痛　定　陰雙腿

對，非常痛。

Sí, me duelen mucho.

是的　對我　感到痛　非常

瑪麗亞（感到）頭痛。

A María le duele la cabeza.

對於　瑪麗亞　對她　感到痛　定　陰頭

當感到疼痛的人，在句中以是間接受詞表示出來，但又想強調，或明確地指出這個人的時候，可將「前置詞a＋代名詞」或「前置詞a＋名詞」放在句首

學習重點看這裡 2

用gustar來表達「喜歡～」、「討厭～」

表達「喜歡～」、「討厭～」的時候，是使用表示「喜歡」的動詞gustar。gustar和doler（感到痛）是採取相同句子結構的動詞。

我喜歡糖漿。

Me gusta el jarabe.

間接受詞的代名詞 + 動詞gustar + 喜歡的東西（主詞）

我討厭糖漿。

No me gusta el jarabe.

否定 + 間接受詞的代名詞 + 動詞gustar + 討厭的東西（主詞）

句中有間接受詞的時候，no要放在間接受詞的前面

●對於「我喜歡，那你呢？」的回答

我喜歡咖啡，那你呢？

Me gusta el café. ¿Y a ti?

對我　喜歡　定　陽咖啡　然後　對於　你

用¿Y a ti?（那你呢？）來詢問對方的喜好

我也喜歡。

A mí también.

對於　我　也～

también是表示肯定時的「也」

我不喜歡。

A mí no.

對於　我　否定

●對於「我不喜歡，那你呢？」的回答

我不喜歡狗，那你呢？

No me gustan los perros. ¿Y a ti?

否定　對我　喜歡　定　陽狗　然後　對於　你

我喜歡。

A mí sí.

對於　我　肯定

我也不喜歡。

A mí tampoco.

對於　我　也不～

tampoco是表示否定時的「也不……」

「喜歡做～」

不定詞（動詞的原形）具有名詞的作用，因此也可以當作gustar的主詞，用以表達「～（人）喜歡做……」。

我喜歡唱歌。

Me gusta cantar.

對我 喜歡 唱歌

將「唱歌」的動詞cantar，以不定詞（動詞的原形）的形態，當作「唱歌」的名詞來使用

採用和doler、gustar相同語序的動詞

還有其他動詞和doler、gustar一樣採用「間接受詞＋動詞＋主詞」的結構。這裡就讓我們來看一些例句。動詞的變位必須和主詞的人稱及單複數一致。

●faltar（不夠、需要）

我們沒有錢旅行。

Nos falta el dinero para viajar.

對我們 不夠 定 陽錢 為了 旅行

畫線部分為主詞

●encantar（＝gustar mucho）（非常喜歡）

我非常喜歡跳舞。

Me encanta bailar.

對我 非常喜歡 跳舞

●pasar（發生）

你怎麼了？

¿Qué te pasa?

什麼 對你 發生

●importar（是重要的）

對我們來說，錢並不重要。

No nos importa el dinero.

否定 對我們 是重要的 定 陽錢

這些單字一起記！ 8

◎身體部位

另外也經常能聽到使用tripa（腸子）來表達「肚子痛」的說法

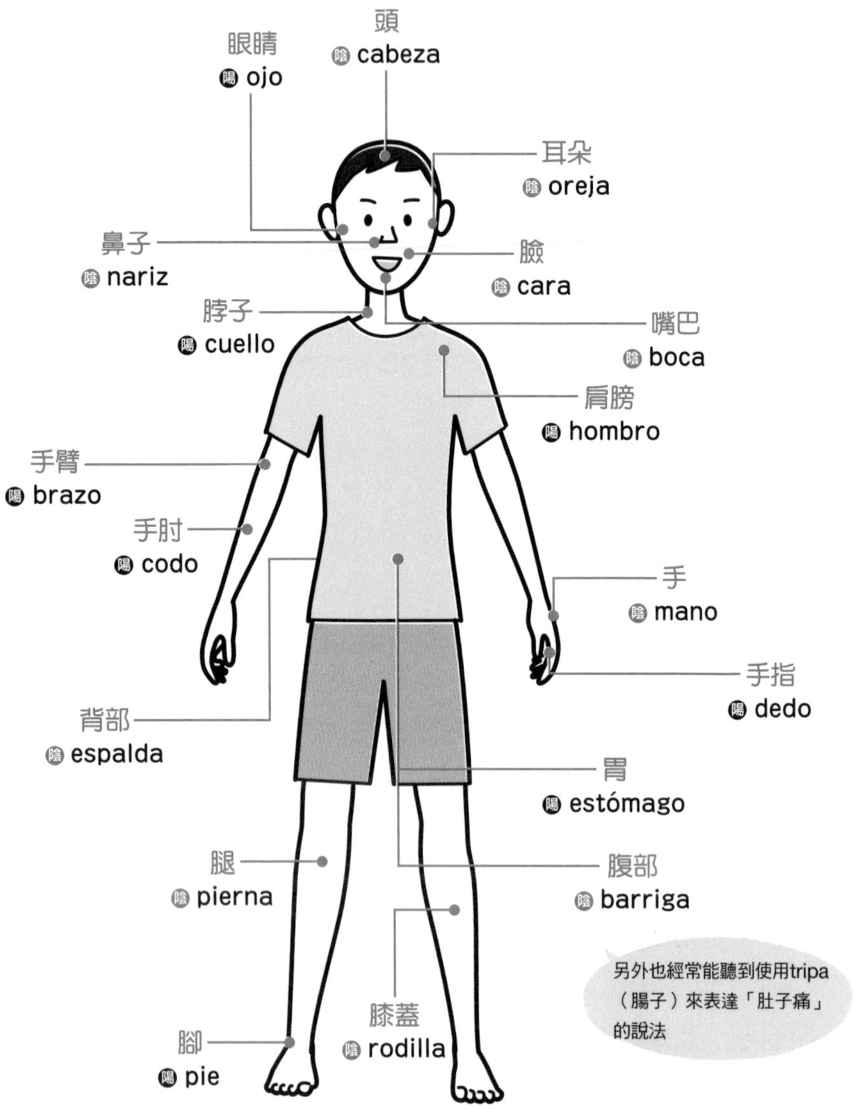

練習題

1 請配合下列中文，在畫線部分填入hay、está、están。

1 麵包店在地下室。
La panadería __________ en el sótano.

2 車站附近有很多飯店。
Cerca de la estación __________ muchos hoteles.

3 辭典都在桌上。
Los diccionarios __________ en la mesa.

2 請選出符合下列中文的適當單字或片語，將句子完成。

1 瑪麗蘇喉嚨痛。
A Marisol _____ la garganta.
①le duelen ②le duele ③duele

2 你喜歡動物嗎？
¿_____ los animales?
①Gustan ②Te gustan ③Te gustas

3 我不喜歡咖啡，那你呢？
No me gusta el café. ¿Y a ti?
我喜歡。
A mí _____.
①sí ②no ③también

4 我喜歡古典樂，那你呢？
Me gusta la música clásica. ¿Y a ti?
我也喜歡。
A mí _____.
①también ②tampoco ③sí

5 我的父母喜歡旅行。
A mis padres les gusta _____.
①viajan ②viajar ③viaja

解答

1 1 está 2 hay 3 están 2 1 ② 2 ② 3 ① 4 ① 5 ②

專欄

打招呼很重要！

我們平常和陌生人共乘電梯時，幾乎不會有人會互道「早安」或「你好」。但在西班牙他們總是會互道¡Hola!。即使只有短暫片刻，但總歸是共處在一個狹小的空間裡，所以大家還是希望能愉快安心地共處。當然，進入酒吧或小型店家時，只要和店員四目交接，也請不忘說¡Hola!。

此外，搭乘公車時，在付錢或者將一種叫做「metrobús」的地下鐵／公車十次券插入機械中時，也請試著一邊對司機說聲¡Hola!。當公車或火車上很擁擠，而你感到「我想下車，但出口前站滿了人，根本過不去！」的時候，請試著向前面的人說聲¿Vas a bajar?（你要下車嗎？）。如果對方也要下車，就會回答Sí，如果對方沒有要下車，就會為你讓路。一言不發把別人推擠開來……這樣的狀況在西班牙是幾乎見不到的。

另外，問完路後，或感覺受人幫助時，也請大聲地說出¡Gracias!（謝謝）吧。

二十年前，我第一次去西班牙。當時在商店裡買東西結帳時，我和在日本一樣，會習慣性地順口說出¡Gracias!，而店員聽到後總是回答我De nada（不客氣）。De nada的確是回答Gracias的正確用語，但當店員向自己這麼說的時候，還是會覺得哪裡怪怪的。以日本人的觀感而言，我們會希望店員也能對自己說「謝謝」，就算不說「謝謝」，也不會是想聽到「不客氣」。所以，我後來便開始改口說¡Adiós!（再見）了。然而，經過了十多年後，有一次我無意間又脫口說出¡Gracias!，結果對方不是回我De nada，而是¡A usted!（我才謝謝您）。那瞬間我不禁感到：「西班牙也變了……」不過，員工把顧客晾在一旁，自顧自地聊天這一點，倒是從過去到現在都沒改變過……。

第3章

享受用餐時光

透過在西班牙餐廳中用餐的情景，來介紹各種用餐時的會話句型。本章將會依不同情境，介紹從進入餐廳到結帳的各種對話，包括如何點餐、如何表達對味道的感想等等，讀者不妨一邊想像實際到餐廳用餐時的情景，一邊學習這些句子。

進入餐廳

學習重點看這裡 1 「請問有幾位？」

Camarero（服務生）

晚上好，請問您有預約嗎？

Buenas noches. ¿Tienen ustedes reserva?

晚上好 擁有 您（複數） 陰預約

Carmen

不，（我們）沒有預約。

No, no tenemos.

不 否定 擁有

學習重點看這裡 1

Camarero（服務生）

請問您有幾位？

¿Cuántos son ustedes?

多少 是 您（複數）

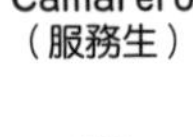

Carmen

（我們）兩個人。

Somos dos.

是 2

Camarero（服務生）

好的，（您）這邊請。

De acuerdo. Pasen por aquí, por favor.

好的 通過 經～ 這裡 請

會話小提示

- 在餐廳等場所有人帶路時，經常會聽到Pasen por aquí, por favor.（這邊請），所以不妨將這句話背起來。此處因為有兩名以上的客人進入店家，所以是使用動詞pasar（通過）對ustedes（您<複數>）的命令式變位pasen。只有一位客人時，則是使用對usted（您）的命令式變位pase，完整說法是Pase por aquí, por favor.。

學習重點看這裡 1

用cuánto來詢問數量

詢問數量時，是使用疑問詞cuánto（多少〈的〉）。和qué不同的是，cuánto會搭配被詢問的人或物的陰陽性與單複數而產生變化，因此必須特別留意。以下就來看看如何詢問數量，順便也複習一下前面學過的用法。

◆ cuánto的變化

陰陽性	單複數	cuánto的變化
陽性	單數	cuánto
	複數	cuántos
陰性	單數	cuánta
	複數	cuántas

配合想要詢問數量的人或物的陰陽性、單複數產生變化

〔年齡〕（➡p.43）

（你）幾歲？

¿Cuántos años tienes?

多少　陽歲　擁有

〔金額〕（➡p.65）

這支葡萄酒多少錢？

¿Cuánto vale este vino?

多少　價值　這　陽葡萄酒

〔人數〕

這個班級裡有幾個女生？

¿Cuántas chicas hay en esta clase?

多少　陰女生　存在　在~中　這　陰班級

這裡的cuánto是疑問代名詞，指cuánto dinero（多少錢），所以都是以cuánto的形態出現，不會產生變化

在餐廳裡討論點什麼菜

學習重點看這裡1 表示「點～（菜名）」、「請求～」的pedir

學習重點看這裡2 「來做～吧」

學習重點看這裡1·2

健，（我們）要點些什麼好呢？

¿Qué vamos a pedir, Ken?

什麼 | 做～吧 | 請求 | 健

（我們）要不要點幾盤菜一起吃？

¿Pedimos unas raciones para compartir?

請求 | 一些 | 陰大盤料理 | 為了 | 分享

Ken

（我）想點西班牙蛋餅。

Quiero una de tortilla española.

想要 | 1 | 的 | 陰蛋餅 | 西班牙的

（我們）要不要也點個香蒜辣蝦？

¿Pedimos también una de gambas al ajillo?

請求 | 也 | 1 | 的 | 陰香蒜辣蝦

（我們）再點一壺西班牙水果酒，要嗎？

Pedimos una jarra de sangría, ¿no?

請求 | 1 | 陰壺 | 的 | 陰西班牙水果酒 | 附加問句

會話小提示

- 在句尾加上¿no?，作為附加問句。
- 想要免費的冷水（西班牙的自來水可以生飲）時，可以說un vaso de agua（一杯水）。礦泉水的話，叫做agua mineral。若要附帶說明加碳酸、不加碳酸，則是使用con gas、sin gas，合起來就是una botella de agua mineral sin gas（一瓶不加碳酸的礦泉水）。若點礦泉水，就需要付費了。

47

學習重點看這裡 1

用pedir來點菜或提出請求（詞幹母音變化動詞③）

pedir（點菜／請求）是詞幹的e會變成i的詞幹母音變化動詞。只有當重音落在詞幹的e上時，才需要改變母音。

（我們）要點瓦倫西亞風燉飯。

Pedimos una paella valenciana.

動詞pedir ＋ 直接受詞

◆動詞pedir的變位

	主詞	pedir的變位		主詞	pedir的變位
我	yo	pido	我們	nosotros / nosotras	pedimos
你	tú	pides	你們	vosotros / vosotras	pedís
您	usted	pide	您（複數）	ustedes	piden
他／她	él／ella	pide	他們／她們	ellos／ellas	piden

您要點什麼來享用？

¿Qué pide usted para comer?

什麼　請求　您　為了　吃

（你）要點咖啡嗎？

¿Pides un café?

請求　1　陽咖啡

（我）向你道歉。

Te pido perdón.

對你　請求　陽原諒

直譯的話是「我向你請求原諒」之意

48

學習重點看這裡 2

邀請對方「做～吧」

向對方提出「做～吧」的提議或邀請時，可使用「Vamos a＋不定詞（動詞的原形）」。

（我們）點一份炸花枝圈吧。

Vamos a pedir calamares fritos.

動詞ir ＋ 前置詞a ＋ 不定詞（動詞的原形）

（我們）來喝點什麼吧。

Vamos a tomar algo.

做～吧 喝 某些什麼

（我們）一起吃午餐吧。

Vamos a comer juntos.

做～吧 吃午餐 一起

Menú del Día（今日套餐）

西班牙的餐廳會以合理的價格，提供每天更換的「今日套餐」。可分別選擇前菜、主餐、點心、飲料，還會附上麵包。

點餐時，只要在de primero（第一道）、de segundo（第二道）後面加上料理名稱即可，例如：De primero, una ensalada mixta.（第一道是綜合沙拉）、de segundo, un entrecot de ternera.（第二道是無骨牛排）。每一道都是分別裝在不同的盤子裡，吃起來頗具分量。第一道前菜裡，有時也會包含燉飯（1人份）、義大利麵等選項，觀光客看到時經常會想：「這不是主餐嗎？？」

這些單字一起記！ 9

◎餐廳的菜單

今日特餐、今日套餐

MENÚ DEL DÍA

綜合沙拉
ENSALADA MIXTA

西班牙冷湯
GAZPACHO

瓦倫西亞風燉飯
PAELLA VALENCIANA

櫛瓜濃湯
CREMA DE CALABACÍN

烤雞配炸薯條
POLLO ASADO CON PATATAS FRITAS

墨汁煮小捲
CHIPIRONES EN SU TINTA

烤箱烤肋排
COSTILLAS AL HORNO

鮭魚鐵板燒配沙拉
SALMÓN A LA PLANCHA CON ENSALADA

冰淇淋
HELADO

巧克力蛋糕
TARTA DE CHOCOLATE

綜合水果盅
MACEDONIA DE FRUTAS

麵包和飲料
PAN Y BEBIDAS

11歐元50歐分
once con cincuenta
11,50 EUROS

MENÚ DELDÍA
ENSALADA MIXTA
GAZPACHO
PAELLA VALENCIANA
CREMA DE CALABACÍN
POLLO ASADO CON PATATAS FRITAS
CHIPIRONES EN SU TINTA
COSTILLAS AL HORNO
SALMÓN A LA PLANCHA CON ENSALADA
HELADO
TARTA DE CHOCOLATE
MACEDONIA DE FRUTAS
PAN Y BEBIDAS / 11.50 EUROS

表達對於味道的感想

學習重點看這裡 1 表示「A是B的」的estar

學習重點看這裡 2 表示「A是B」的ser和estar

學習重點看這裡 1·2

香蒜辣蝦真好吃。

Las gambas al ajillo están ricas.

定 | 陰香蒜辣蝦 | 是 | 好吃的

對啊。可是這個蛋餅有點鹹。

Sí, pero esta tortilla está un poco salada.

是的 | 但 | 這 | 陰蛋餅 | 是 | 一點點 | 鹹的

那……（我們）要不要再追加別的菜？

Pues... ¿pedimos algo más?

那麼 | 請求 | 某些什麼 | 更多

不用了，（我）已經吃飽了。

No, ya estoy lleno.

不 | 已經 | 是 | 飽的

會話小提示

- 在餐廳裡，當店員前來詢問¿(Desea) algo más?（還需要〈加點〉什麼嗎？）的時候，如果有想點的菜，就直接把菜名告訴店員；如果想要告訴店員「不用了」的時候，可以說Nada más, gracias.（不用了，謝謝）。

學習重點看這裡 1

表示「A是B的」的estar（動詞estar的用法②）

可使用動詞estar來表示「A是B的」。動詞estar用「主詞＋動詞estar＋形容詞／副詞（或有相同詞性的子句）」的句型，可來表達主詞的狀態（是～的、變得～）。

La tortilla está rica. 蛋餅真好吃。

la tortilla（蛋餅）是陰性名詞，所以rico（好吃的）也要變成陰性形態

燉飯非常好吃。

La paella está muy rica.

定　陰燉飯　是　非常　好吃的

這張椅子是空的嗎？

¿Esta silla está libre?

這　陰椅子　是　空的

不，正在使用。

No, está ocupada.

不　是　使用中的

（我們）飽了。

Estamos llenos.

是　飽的

（你們）累了嗎？

¿Estáis cansados?

是　疲憊的

你的父母好嗎？

¿Cómo están tus padres?

如何　是　你的　陽雙親

（他們）很好。

Están bien.

是　很好的

學習重點看這裡 2

表示「A是B」的ser和estar的用法

estar和ser都是將A與B互相連結，用來說「A是B」的動詞，但在B的位置放入形容詞的話，就會產生不同的語意。基本上，要表達主詞的性質或特徵（容貌、個性等）時使用ser；要表達主詞的狀態時，則是使用estar。

Juana es guapa. 胡安娜很漂亮。

主詞 + 動詞ser + 形容詞

意思是「胡安娜是美女（長相很美）」，指的是特徵

Juana está guapa. 胡安娜打扮得很漂亮。

主詞 + 動詞estar + 形容詞

意思是「胡安娜打扮得很漂亮」，指的是狀態

瑪麗亞是什麼樣的人？

¿Cómo es María?

如何的 是 瑪麗亞

這是在詢問瑪麗亞的特徵

（她）金髮、高個子。個性非常友善。

Es rubia y alta. Es muy amable.

是 金髮的 以及 個子高的 是 非常 友善的

瑪麗亞怎麼樣了？

¿Cómo está María?

如何的 是 瑪麗亞

這是在詢問瑪麗亞的狀態

好可憐！（她）累壞了。

¡Pobre! Está muy cansada.

可憐的 是 非常 疲憊的

在餐廳裡表達不滿及說明味道

在餐廳點了一道排餐，結果卻沒有煎熟，或者湯是冷的……遇到這類情形時，就鼓起勇氣告訴店員吧。

肉沒有煮熟。

La carne está cruda.

定 陰肉 是 生的

這個魚不新鮮。

Este pescado no está fresco.

這 陽魚 否定 是 新鮮的

湯冷掉了。

La sopa está fría.

定 陰湯 是 冷的

是＿＿的。

Está ＿＿.

是

替換練習 說明味道的單字

好吃的	rico／bueno	鹹的	salado
難吃的（味道太淡的）	soso／insípido	酸的	agrio／ácido
甜的	dulce	酸酸甜甜的	agridulce
辣的	picante	苦的	amargo

※soso是「鹽巴不夠」，insípido是「沒有味道」的意思
rico和bueno、agrio和ácido，都是經常使用的單字

練習題

1 將詢問數量的疑問詞cuánto改成適當的形態，填入畫線部分。

1 （你）幾歲？

¿__________ años tienes?

（我）31歲。

Tengo 31 años.

2 這台電腦多少錢？

¿__________ vale este ordenador?

1,000歐元。

1.000 euros.

3 有多少人住在這個村子裡？

¿__________ personas viven en este pueblo?

大約500人。

Unas quinientas personas.

4 你們家有幾個人？

¿__________ sois en tu familia?

五個人，父母親、兩個哥哥和我。

Somos cinco: mis padres, dos hermanos y yo.

2 請將ser或estar改成符合下列中文的適當形態，填入畫線部分。

1 （你）好嗎？

¿Cómo __________?

2 （回答）（我）很好，謝謝。

__________ bien, gracias.

3 你的哥哥是什麼樣的人？

¿Cómo __________ tu hermano mayor?

4 （回答）個子高高的，眼睛是藍的。

__________ alto y tiene los ojos azules.

3 請將意思相同的中文和西班牙文用線連起來。

1	Están llenos.	a. 這個魚不新鮮。
2	Esta carne está cruda.	b.（他們）吃飽了。
3	Están llenas.	c.（她們）吃飽了。
4	Este pescado no está fresco.	d. 這個肉沒煮熟。

4 請選出符合下列中文的適當單字或片語，將句子完成。

1 瑪麗亞今天打扮得很漂亮。

María ______ hoy.

①es guapa ②está guapa ③está guapo ④es guapo

2 這碗湯是冷的。

Esta sopa ______.

①está caliente ②está fría ③es fría ④es caliente

3 請問您要點什麼菜？

¿Qué ______ ustedes para comer?

①pide ②pedís ③pides ④piden

4 （我們）點一盤俄式馬鈴薯沙拉吧。

______ una ración de ensaladilla rusa.

①Podemos pedir ②Vamos a pedir ③Vamos pedir

5 （我）要點一杯拿鐵。

______ un café con leche.

①Pido ②Pedo ③Vamos a pedir

解答

1 1 Cuántos 2 Cuánto 3 Cuántas 4 Cuántos

2 1 estás 2 Estoy 3 es 4 Es 3 1 b 2 d 3 c 4 a

4 1 ② 2 ② 3 ④ 4 ② 5 ①

離開餐廳

學習重點看這裡 1 用現在完成時表達吃完後的感想

Ken

學習重點看這裡 1

（我們）吃了好多。

Hemos comido mucho.

用餐了　很多

Carmen

對啊，（我）肚子好飽。

Sí, estoy llena.

是的　是　飽的

Ken

（我們）來買單嗎？

¿Pedimos la cuenta?

請求　定　陰結帳

Carmen

好啊。（對服務生說）請買單。

Sí. La cuenta, por favor.

好的　定　陰結帳　請

會話小提示

- 餐廳用餐是在座位上結帳。當服務生在附近時，可以跟情境會話中一樣，向服務生說La cuenta, por favor.就可以了；當服務生在遠處時，就用¡Oiga!來呼喚對方吧。服務生回頭時，只要做出簽名的手勢，就是表示「我要買單」之意。

學習重點看這裡 1

用現在完成時表達用餐後的感想

在餐廳等場合用餐完畢後，想要表達「真棒」、「真好吃」的時候，可使用現在完成時。現在完成時的句型是「動詞haber（陳述式現在簡單時）＋過去分詞」。

Hemos **comido** **mucho.** （我們）吃了好多。

動詞haber ＋ 過去分詞

◆ **動詞haber的變位**

	主詞	haber的變位		主詞	haber的變位
我	yo	he	我們	nosotros nosotras	hemos
你	tú	has	你們	vosotros vosotras	habéis
您	usted	ha	您（複數）	ustedes	han
他／她	él／ella		他們／她們	ellos／ellas	

◆ **過去分詞的變位方式（規則動詞）**

	不定詞（動詞的原形）→過去分詞	例
ar動詞	-ar → -ado	hablar（說）→ hablado
er動詞	-er -ir → -ido	comer（吃）→ comido
ir動詞		vivir（住）→ vivido

（你們）吃得愉快嗎？

¿Habéis comido bien?

用餐了　好好地

是啊，（我們）吃得很開心。

Sí, hemos comido muy bien.

是的　用餐了　非常　好好地

第3章 享受用餐時光

現在完成時是使用在已經結束（已完成），但和現在的狀態也有關係的事情上，所以是用來表示剛完成的事情或以往的經驗。

●**Hoy ya he comido.**　（今天（我）已經吃過午餐了。）

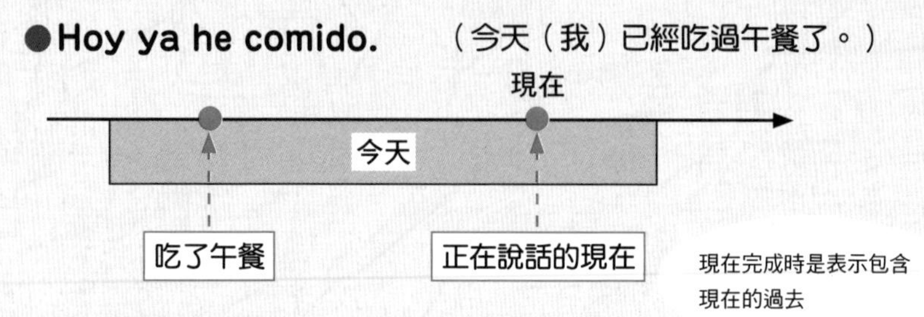

（你）已經吃過午餐了嗎？

¿Ya has comido?

已經　吃了午餐

對，（我）已經吃過午餐了。

Sí, ya he comido.

是的　已經　吃了午餐

沒有，（我）還沒吃過。

No, todavía no he comido.

不　還　否定　吃午餐

（我）去過西班牙三次。

He estado tres veces en España.

去過　3　陰次　在~中　陰西班牙

用haber estado en~（去過~）表示經驗

veces是vez的複數形態。以z結尾的名詞變成複數時，必須將z改為c，並加上es

專欄

請店員結帳的說法

情境會話中也有介紹過在餐飲店結帳時該怎麼說，這邊就讓我們來學學看其他說法吧。

每一句都是類似「我要買單」、「多少錢」的意思。

La cuenta, por favor.

定　陰結帳　請

想要說得比較客氣時用cobra

¿Me cobras／cobra, por favor?

從我　收取　請

¿Cuánto te／le debo?

多少　對你／對您　負債

請朋友代墊之後，要將錢還給對方時，也可使用這句話

在西班牙，有時候吧檯位、正餐位、露臺位的餐飲，會分別收取不同價格。露臺位的價格最高。若是酒吧，有些地方是服務生會前來服務，有些地方是客人自己向櫃檯內點餐，自己將餐點拿到桌上。後者的話，基本上吧檯位和正餐位的價格是一樣的。露臺位之所以價格最高，聽說是因為服務生需要做的工作最多，但也有人說是因為露臺位需要付稅。不過，因為正餐位和吧檯位的價格也有差異，所以需要付稅恐怕不是唯一的理由。

另外，有些旅遊書上會寫說「要留下約一成的小費」，但其實小費的金額不是固定的，也沒有絕對要留小費不可的規定，所以各位可以依據情況自行判斷。像是一群學生上門時，似乎大都不會留下小費。

在酒吧喝酒

學習重點看這裡 1 使用para的說法

學習重點看這裡 2 感嘆句

Camarera（女服務生）

學習重點看這裡 1

……那，請問要喝點什麼呢？

……Y, ¿para beber?

然後 為了 喝

Ken

請給我們三杯生啤酒。

Tres cañas, por favor.

3 陰杯裝生啤酒 請

Camarera（女服務生）

請用。

Aquí tiene.

這裡 持、拿著

Ken

學習重點看這裡 2

謝謝。來乾杯吧！

Gracias. ¡Salud!

陰謝謝 乾杯

嗯～真好喝！

¡Uhmmm! ¡Qué rica!

嗯～ 多麼 美味的

會話小提示

- 除了情境會話中出現的¡Salud!之外，還可以使用brindar por來表示「敬～（為～乾杯）」。 例 brindar por los novios（敬新郎新娘）、brindar por la vida（敬人生）等。

學習重點看這裡 1

表示目的時使用para

表示目的時，是使用前置詞para。在酒吧或餐廳裡，經常會使用到這種將不定詞（動詞的原形）放在para之後的句型。

¿Para comer? 要吃點什麼呢？

前置詞para ＋ 不定詞（動詞的原形）

要喝點什麼呢？

¿Para beber?

為了 喝

請問要在這邊用，還是帶走？

¿Para tomar o para llevar?

為了 飲食 或 為了 帶走

請給我一個火腿潛艇堡帶走。

Un bocadillo de jamón para llevar, por favor.

1 陽潛艇堡 的 陽火腿 為了 帶走 請

週末外出

週末或假日的前一天晚上，西班牙的年輕人會外出慶祝到深夜（一大早？）一起到bar（酒吧）或discoteca（夜店），喝酒、跳舞、或聊上一整晚。深夜計程車的車資也不會太高，而且像在馬德里，還有稱為búho（原意為貓頭鷹）的深夜巴士，會從西貝萊斯廣場（Plaza de Cibeles）發車，開往各個地區，因此不用擔心夜歸時的交通問題。

此外，如果在夜店徹夜跳舞，離開時自助餐廳都已經打烊的話，他們一般都會先吃個chocolate con churros（吉拿棒配熱巧克力）當作早餐再回家。西班牙的吉拿棒本身並不甜，但chocolate con churros會附上一杯濃稠的熱巧克力，用吉拿棒沾著熱巧克力吃。

57

學習重點看這裡 2

表示感嘆的「多麼～啊！」

要表達感動或驚訝，像是「真好吃（多麼好吃啊）！」、「真棒（多麼棒啊）！」的時候，使用也會當作疑問詞的qué（什麼）（➡p.52），以「qué＋形容詞／名詞／副詞（＋動詞〈子句〉）」的語序來說出感嘆句。

¡Qué rica! 真好吃！

Qué ＋ 形容詞

句子前後以驚嘆號（¡!）夾住

真美麗！（1位美麗的女性）

¡Qué guapa!

多麼　美麗

在¡Qué＋形容詞!的句型中，形容詞會配合本身所修飾的名詞的陰陽性和單複數有變化，所以有兩位以上的美麗女性時，就會變成複數形態的guapas

---

（你）西班牙語說得真流利！

¡Qué bien hablas español!

多麼　流利地　說　陽西班牙語

以¡Qué＋副詞＋動詞!的句型，來表示「～（做）得真……！」之意

真幸運！

¡Qué suerte!

多麼　陰幸運

各種表達感嘆的說法

有時候我們明明想要傳達心情或驚訝感，卻往往想不出在這個當下該怎麼說。以下就要向各位介紹，遇到突如其來的各種場合時，我們可以如何表達。

真棒！

¡Qué bien!

多麼　好地

真可惜！

¡Qué pena!

多麼　陰苦惱

好冷！

¡Qué frío!

多麼　陽寒冷

好熱！

¡Qué calor!

多麼　陽暑熱

真奇怪！

¡Qué raro!

多麼　奇怪的

真有趣！

¡Qué gracia!

多麼　陰風趣

真美妙！

¡Qué maravilla!

多麼　陰驚嘆

好大！

¡Qué grande!

多麼　大的

難以置信！

¡Increíble!

難以置信的

在酒吧裡點早餐

學習重點看這裡 1 表達「怎麼樣」、「什麼樣的」的cómo

Ken

請給我一份烤吐司和一杯拿鐵。

Una tostada y un café con leche, por favor.

1 | 陰烤吐司 | 和 | 1 | 陽咖啡 | 和~一起 | 陰牛乳 | 請

Camarera（女服務生）

要抹奶油和果醬嗎？

¿Con mantequilla y mermelada?

和~一起 | 陰奶油 | 和 | 陰果醬

Ken

不，請幫我加（橄欖）油和鹽。

No, con aceite y sal.

不 | 和~一起 | 陽油 | 和 | 陰鹽

Camarera（女服務生）

學習重點看這裡 1

（您）想要怎樣的牛奶？熱的還是不熱的？

¿Cómo quiere la leche, caliente o templada?

如何 | 想要 | 定 | 陰牛奶 | 熱的 | 或 | 剛剛好的

Ken

麻煩了，（我）要熱的。

La quiero caliente, por favor.

把那個 | 想要 | 熱的 | 請

學習重點看這裡 1

用表示「什麼樣的」、「怎麼樣」的cómo來詢問狀態

詢問情況或方法時，使用疑問詞cómo，有「如何」、「如何的」之意。

（您）想要怎樣的牛奶？

¿Cómo quiere la leche?

疑問詞cómo ＋ 動詞

La＝la leche

麻煩了，（我）要熱的。

La quiero caliente, por favor.

〔情況、狀態〕

日本料理是什麼樣的食物？

¿Cómo es la comida japonesa?

如何 是 定 陰膳食 日本的

是十分健康的。

Es muy sana.

是 非常 健康的

肉要多熟？

¿Cómo está la carne?

如何 是 定 陰肉

全熟的。

Está bien hecha.

是 好好地 煮熟的

〔方法〕

（你）怎麼去公司上班？

¿Cómo vas a la oficina?

如何 去 向 定 陰公司

（我）搭公車去。

Voy en autobús.

去 用 陽公車

練習題

1 請選出符合下列中文的適當單字或片語，將句子完成。

1 （你）有去過西班牙嗎？

¿ ______ alguna vez en España?

①Has ido ②Vas ③Has estado ④Estás

2 （回答）有，（我）有去過西班牙兩次。

Sí, ______ dos veces en España.

①He ido ②Voy ③He estado ④Estoy

3 你們已經吃過午餐了嗎？

¿ Ya ______ ?

①habéis comido ②has comido ③Coméis ④han comido

4 （回答）沒有，還沒吃。

No, todavía ______ .

①no hemos comido ②hemos comido ③comemos
④no comemos

2 請將意思相同的中文和西班牙文用線連起來。

1 真漂亮！ • • a. ¡Qué rico!

2 真幸運！ • • b. ¡Qué guapa!

3 真好吃！ • • c. ¡Qué suerte!

3 請將問句與符合問句的回答用線連起來。

1	¿Cómo quiere el café? •	• a. Son alegres.
2	¿Cómo vas a la oficina? •	• b. En autobús.
3	¿Cómo es la comida japonesa? •	• c. Con leche.
4	¿Cómo son los españoles? •	• d. Es sana.

4 請將意思相同的中文和西班牙文用線連起來。

1	要外帶嗎？ •	• a. ¿Para beber?
2	在這裡用（餐）嗎？ •	• b. ¿Para llevar?
3	要點什麼飲料？ •	• c. ¿Para tomar?

專欄

西班牙的咖啡

西班牙的咖啡基本上都是濃縮咖啡。再根據加不加牛奶，以及牛奶加多少，而分成下列不同說法。

・café solo……裝在小型咖啡杯中的黑咖啡
・cortado……在café solo裡加入一點點牛奶的咖啡
・café con leche……將café solo裝在大的杯子裡，再用牛奶加滿的咖啡

※將咖啡本身除去咖啡因的咖啡，稱為café descafeinado。

點咖啡時，有時店家會詢問¿En vaso?（用玻璃杯裝嗎？）。因為在西班牙，喝咖啡不一定是用咖啡杯裝，有時也會裝在玻璃杯裡。

有些店家會為客人準備leche semidesnatada（低脂牛奶）、leche desnatada（脫脂牛奶）等各式各樣的牛奶。在西班牙，如果對牛奶的溫度和多寡提出要求的話，店員就會在你面前一邊調整，一邊注入杯中。

另外，冰咖啡稱為café con hielo，如果點了冰咖啡，店員就會給你一杯裝在小型咖啡杯裡的café solo，和一杯裝有冰塊的杯子。想要加砂糖的人，可以先放入熱的café solo中溶解，再倒入有冰塊的杯子裡。

第4章

出遊

這一章將要介紹出遊時如何向人問路、如何詢問朋友是否有空一起出遊等的對話句型。此外，也會介紹日期、氣候的說法，在討論出遊行程時也十分實用。

告知如何前往

學習重點看這裡1 命令式

不好意思，請問普拉多美術館怎麼走？

Perdone, ¿el Museo del Prado, por favor?

不好意思 ｜ 陽普拉多美術館 ｜ 請

學習重點看這裡1

好的。從這條路一直走到西貝萊斯廣場。

Sí. Sigue todo recto por esta calle

是的 ｜ 前進 ｜ 完全 ｜ 直直地 ｜ 經由 ｜ 這 ｜ 陰道路

hasta la Plaza de Cibeles.

～為止 ｜ 陰西貝萊斯廣場

左轉後再走5分鐘左右，就是普拉多美術館了。

Gira a la izquierda. A unos cinco

轉彎 ｜ 向左 ｜ 離此 ｜ 約 ｜ 5

minutos a pie está el museo.

陽分鐘 ｜ 用走路 ｜ 存在 ｜ 定 ｜ 陽美術館

非常感謝！

¡Muchas gracias!

很多 ｜ 陰謝謝

會話小提示

- perdone在這當作「不好意思」之意來使用，它的不定詞（動詞的原形）為perdonar（原諒）。perdone是對usted的命令式變位，意義上是「請原諒」→「不好意思」，經常用在詢問之前，想要引起他人注意，或向人表示歉意的時候。
- unos cinco minutos是大約5分鐘。不定冠詞以複數形態放置在數詞前，是表示「大約」之意。

學習重點看這裡 1

向對方說「去做～」、「請做～」（命令式）

對說話對象命令道「去做～」、「請做～」的時候，就要使用命令式。對tú（第二人稱單數／你）的命令式，以規則變化動詞來說，是使用陳述式現在簡單時第三人稱單數的形態（以他／她為主詞）。至於一個句子究竟是主詞為第三人稱，還是對tú下達命令，就必須依狀況來判斷。

Gira a la derecha.　請（你）右轉。

動詞

◆**指引道路時經常使用的動詞**

	對tú的命令式
seguir（前進）	sigue
girar（轉彎）	gira
coger（搭乘）	coge

※在中南美洲不使用coger，而是使用tomar

請（你）這條道路一直走到底。

Sigue esta calle hasta el final.

前進　這　陰道路　～為止　定　陽盡頭

請（你）搭乘地下鐵1號線。

Coge la línea 1 del metro.

搭乘　定　陰線路　1　的　陽地下鐵

（你）再說慢一點。

Habla más despacio.

說　再　緩慢地

●使用tener que＋不定詞（動詞的原形），也可傳達出命令的口吻。

（那裡）距離很遠，所以（你）必須搭乘地下鐵。

Tienes que coger el metro porque está lejos.

必須～ 搭乘 定 陽地下鐵 因為 存在 遙遠地

一般義務的說法

想要說「（我們人）必須～」，也就是表達在任何人身上都適用的一般義務時，是使用「hay que＋不定詞（動詞的原形）」。

（我們人）必須為填飽肚子而工作。

Hay que trabajar para comer.

必須～ 工作 為了 吃

（我們人）必須為生存而戰。

Hay que luchar para vivir.

必須～ 戰鬥 為了 生存

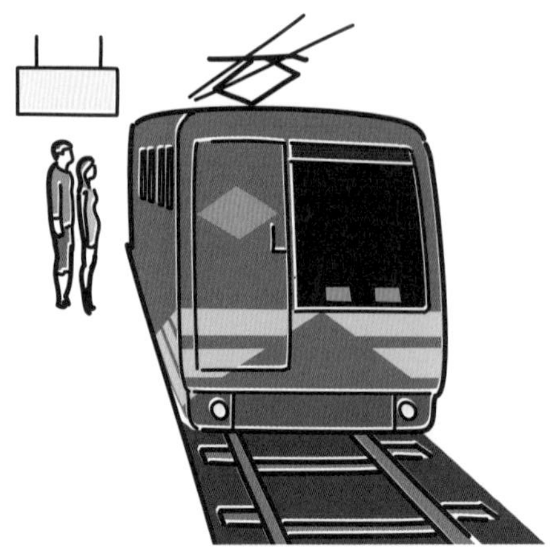

這些單字一起記！ 10

62

◎交通

交通方式

火車	陽 tren	計程車	陽 taxi
市郊鐵路	陽 tren de cercanías	車子	陽 coche
地下鐵	陽 metro	機車	陰 moto
電車	陽 tranvía	飛機	陽 avión
公車、巴士	陽 bus／陽 autobús	船	陽 barco
西班牙高速鐵路	陽 AVE (Alta Velocidad Española)		

交通機關

車站	陰 estación	地下鐵入口	陰 boca de metro
火車站	陰 estación de ferrocarril	港口	陽 puerto
地下鐵站	陰 estación de metro	機場	陽 aeropuerto
巴士轉運站	陰 estación de autobús	出發／離境（大廳）	陰 (sala de) salida
站牌	陰 parada	抵達／入境（大廳）	陰 (sala de) llegada
公車站牌	陰 parada de autobús	等候室	陰 sala de espera
計程車乘車處	陰 parada de taxi	購票處	陰 taquilla

※parada de metro也是「地下鐵站」的意思

詢問他人行程

學習重點看這裡 1 表示「就寢（我讓我自己睡著）」的acostarse

嗨，健。今天晚上（你）有事嗎？

¡Hola, Ken! ¿Qué haces esta noche?

嗨 健 什麼 做 這 陰晚上

（我）會在家裡，（我）想早點睡。

Me quedo en casa. Quiero acostarme pronto.

留在 在~中 陰家 想要 就寢 早一點

學習重點看這裡 1

（你）想要早點睡？

¿Te acuestas pronto?

上床睡覺 早一點

今天是星期五耶，（你）不想出來玩嗎？

Hoy es viernes. ¿No quieres salir?

今天 是 陽星期五 否定 想要 出門

不想耶。（我）今天好累。

No. Estoy cansado.

不 是 疲憊的

會話小提示

- 回答否定疑問句時必須要特別留意，當對方問道：¿No quieres salir?（你不想出門嗎？），而自己不想出門時，必須回答No（, no quiero salir）.（不，不想出門。）。因為中文的習慣是回答「對」，所以這種狀況必須留意，不要說成Sí了。
- Quiero acostarme pronto.（我想早點就寢。）這例句中的acostarme是「acostar+me」，也就是反身動詞。反身動詞當作不定詞使用時，反身代名詞的部分須配合主詞變化。

學習重點看這裡 1

說「就寢」時所使用的反身動詞（伴隨著反身代名詞的動詞）

西班牙語中，要表達「上床睡覺」的時候，是使用動詞acostar（使～睡著），再加上表示「主詞的動作回到主詞自己身上」的反身代名詞。（➡p.64）

Los acuesto a las nueve. （我）讓他們在9點上床睡覺。

代名詞 + 動詞

⬇

Me acuesto a las nueve. （我）讓自己在9點上床睡覺。＝（我）9點睡覺。

反身動詞

acostar「使～睡著」＋反身代名詞「把／對自己」→把自己弄睡→睡覺

◆**動詞acostarse的變位**

	主詞	acostarse的變位		主詞	acostarse的變位
我	yo	me acuesto	我們	nosotros nosotras	nos acostamos
你	tú	te acuestas	你們	vosotros vosotras	os acostáis
您	usted	se acuesta	您（複數）	ustedes	se acuestan
他／她	él／ella		他們／她們	ellos／ellas	

※因為「主詞的動作回到主詞身上」，所以反身代名詞必須使用和主詞相同的人稱及單複數

這時候的反身代名詞me、te，作用等同於直接受詞（把～）

（你）幾點睡？

¿A qué hora te acuestas?

在　什麼　陰點鐘　睡覺

（我）10點睡。

Me acuesto a las diez.

睡覺　在　定　10

第4章 出遊

這裡要一起來看看有哪些常用的反身動詞。

◆ **常用的反身動詞**

	反身動詞
起床	levantarse
名叫～	llamarse
穿戴上	ponerse
脫下	quitarse
醒來	despertarse
洗澡、玩水	bañarse
淋浴	ducharse
清洗	lavarse

實際使用在句中時，這裡的se必須改為人稱及單複數與主詞一致的反身代名詞

（我）一般都是7點起床。

Generalmente me levanto a las siete.

一般來說　起床　在　定　7

思考邏輯為「我一般都在7點把自己身軀立起來」

請問您貴姓大名？

¿Cómo se llama usted?

如何　名叫～　您

我名叫瑪麗亞・卡斯特羅・羅培茲。

Me llamo María Castro López.

名叫～　瑪麗亞　卡斯特羅　羅培茲

「我名叫～」的句型，其實也是使用了反身動詞

反身動詞還有許多其他不同用法。

●和表示身體一部分的名詞、表示衣物的名詞一起使用

（我）洗手。

Me lavo las manos.

（把自己）清洗　定　陰手

思考邏輯是「對自己進行洗手的動作」。

（我）穿鞋。

Me pongo los zapatos.

穿戴上　定　陽鞋子

思考邏輯是「自己幫自己穿上鞋子」

●主詞為複數時，有時是表「互相、彼此」之意

胡安和瑪麗亞深愛著對方。

Juan y María se quieren mucho.

胡安　和　瑪麗亞　相愛　非常

主詞為複數時，表「互相」之意

為什麼是表示「互相」呢？

反身動詞的基本思考邏輯是「主詞的動作作用在主詞上」。

A y B se quieren.（A和B彼此相愛），在這個句子中A是對B產生querer（愛）的情緒（A quiere a B），B是對A產生querer的情緒（B quiere a A）。

換言之，就是「A愛著B」、「B愛著A」，所以變成「A和B彼此相愛」。

邀約

學習重點看這裡1 「去」的用法

學習重點看這裡2 不規則變化的動詞①

學習重點看這裡1

對了，(我)今天晚上要去看戲劇表演，你要不要一起去？

Mira, esta noche voy al teatro. ¿Te apetece?

對了 這 陰晚上 去 往 陽劇院 對你 有意願

學習重點看這裡2

我想去，但是（我）還不確定能不能去。

Sí, pero todavía no sé si puedo ir.

是的 但 還 否定 知道 是否 能夠 去

（你）可以去的話，（你）打個電話給我。

Si puedes, me llamas.

如果 能夠 把我 打電話

（我）把我的電話號碼給你。662 345 6789。

Te doy mi número de teléfono. Es el 662 345 6789.※

對你 給 我的 陽號碼 的 陽電話 是 定 662 345 6789

OK，回頭見。

OK. Hasta luego.

OK ～為止 晚一點

※ 數字的唸法在p.46

會話小提示

- Mira是動詞mirar（看）對tú的命令式。在會話中，會當作「對了」之意，來銜接對話，或當作「你看！」之意，來引起對方的注意。
- apetece的不定詞（動詞的原形）是apetecer（有意願）。其句子結構和gustar一樣，將有意願的人當成間接受詞的代名詞，有意願的事物當成主詞。

例 Me apetece un café.（我想要喝咖啡。）

學習重點看這裡 1

用表示「去」的ir表達各種不同意思

讓我們來看看動詞ir（去），能表達哪些不同的意思。

Voy a España. 我要去西班牙。

動詞ir ＋ 前置詞a

ir＋前置詞a＋場所表達「去～（某個地方）」

◆ **動詞ir的變位**

	主詞	ir的變位		主詞	ir的變位
我	yo	voy	我們	nosotros / nosotras	vamos
你	tú	vas	你們	vosotros / vosotras	vais
您	usted	va	您（複數）	ustedes	van
他／她	él／ella	va	他們／她們	ellos／ellas	van

● 用「ir＋前置詞a＋不定詞（動詞的原形）」，表示發生在未來的事

（我）明天要去辦護照。

Mañana voy a solicitar el pasaporte.

明天　預定要做～　申請　定　陽護照

● 用Vamos a＋不定詞（動詞的原形），表示「我們來做～吧（Let's）」

（我們）來喝點什麼吧。

Vamos a tomar algo.

做～吧　喝　某些什麼

（我們）一起去吃午餐吧。

Vamos a comer juntos.

做～吧　吃午餐　一起

第4章 出遊

學習重點看這裡 2

陳述式現在簡單時的第一人稱單數為不規則變化的動詞

有些動詞是只有當主詞是第一人稱單數的時候，才會產生不規則變化，例如：saber（知道）、dar（給予）等等。

◆ **第一人稱單數不規則變化的動詞變位**

	主詞	saber的變位	dar的變位
我	yo	sé	doy
你	tú	sabes	das
您 他／她	usted él／ella	sabe	da
我們	nosotros nosotras	sabemos	damos
你們	vosotros vosotras	sabéis	dais
您（複數） 他們／她們	ustedes ellos／ellas	saben	dan

※其他不規則變化的動詞，可參照本書最後的變位表

讓我告訴你我的電子郵件地址。

Te doy mi dirección de email.

用dar（給予）一詞，直譯是「給予你地址」，換句話說就是「告訴你地址」

關於佩德羅這個人，（你）知道些什麼嗎？

¿Sabes algo de Pedro?

知道　某些什麼　關於　佩德羅

不知道，他的事（我）完全不知道。

No, no sé nada de él.

不　否定　知道　什麼也（沒有）　關於　他

（我）這支原子筆給你。

Te doy este bolígrafo.

對你　給　這　陽原子筆

這些單字一起記！ 11

◎各種場所

電影院	陽 cine
劇場	陽 teatro
美術館、博物館	陽 museo
（足球、棒球的）球場	陽 estadio (de fútbol, de béisbol)
禮堂、演藝廳	陽 auditorio
展覽	陰 exposición
教會	陰 iglesia
大教堂	陰 catedral
超級市場	陽 supermercado
百貨公司	陽 grandes almacenes
醫院	陽 hospital

練習題

1 對方在你向他問路後，告訴了你以下的走法。請搭配圖片，選擇適合的動詞，並改成適當的變位，將句子完成。

1 ＿＿＿＿＿＿ el metro.

2 ＿＿＿＿＿＿ todo recto por la calle.

2 ＿＿＿＿＿＿ a la derecha.

girar／coger／seguir

2 請注意是「誰」必須做的事，並選出符合下列中文的適當單字，將句子完成。

1 為了通過考試，（你）必須讀很多書。

＿＿＿ que estudiar mucho para aprobar el examen.

①Hay ②Tienes ③Has

2 我們必須尊重人權。

＿＿＿ que respetar los derechos humanos.

①Tiene ②Hay ③Han

3 （你們）必須遵守約定。

＿＿＿ que cumplir la promesa.

①Hay ②Habéis ③Tenéis

3 下列句中的動詞都是規則變化後的形態。請挑出錯誤，並加以改正。

1 （我）沒有去過墨西哥（（我）不知道墨西哥）。

No conoco México. ➡ ____________________

2 哈維，我生日時如果（你）不送我禮物，就等著挨揍吧。

Javi, si no me das un regalo para mi cumpleaños, te do una paliza. ➡ ____________________

3 （我）不太懂西班牙語。

No sabo muy bien el español. ➡ ____________________

4 請將問句與符合問句的回答用線連起來。

1 ¿Qué vas a hacer mañana? • • a. Vamos a tomar un café.

2 ¿Qué vamos a hacer? • • b. No, vamos a pie.

3 ¿Vais a la oficina en metro? • • c. Voy con mi novia※.

※novia是「女友」的意思

4 ¿Con quién va usted al teatro? • • d. Voy a estudiar para el examen.

解答

1 **1** Coge **2** Sigue **3** Gira 2 **1** ② **2** ② **2** ③

3 **1** conoco → conozco **2** do → doy **3** sabo → sé

4 **1** d **2** a **3** b **4** c

約地方碰面

學習重點看這裡 1 星期的說法

學習重點看這裡 2 「要在幾點～？」

María

學習重點看這裡 1

這個星期五，要不要跟我去看電影？

¿Te apetece ir al cine conmigo este viernes?

對你｜有意願｜去｜到｜(陽)電影院｜和我一起｜這｜(陽)星期五

（我）有2張電影票。

Tengo dos entradas.

擁有｜2｜(陰)入場券

Ken

學習重點看這裡 2

當然要去！（我們）要約幾點碰面？

¡Por supuesto! ¿A qué hora quedamos?

當然｜在｜什麼｜(陰)點鐘｜碰面

María

8點半。

A las ocho y media.

在｜定｜8｜和｜(陰)30分

（我們）在理想電影院的入口碰面，如何？

Nos vemos en la entrada del cine Ideal. ¿Vale?

互相見面｜在～｜定｜(陰)入口｜的｜(陽)電影院｜理想｜OK

會話小提示

- 用前置詞a＋時間，表示「在～點～分」。
- nos vemos是當反身動詞verse的主詞為nosotros的時候，所變成的（陳述式現在簡單時）形態。此處的意思是「我們要（互相）見面」（➡p.119）。

學習重點看這裡 1

星期的說法

表示星期幾的單字全部都是陽性名詞。「el＋星期」表示「在星期〇那天」，「los＋星期（複數）」則表示「每個星期〇」。

（我）星期一要離開日本。

Salgo de Japón el lunes.

（我們）每個星期六都會去踢足球。

Los sábados jugamos al fútbol.

◆**星期的說法**

星期一	星期二	星期三	星期四
lunes	martes	miércoles	jueves

星期五	星期六	星期日
viernes	sábado	domingo
	sábados	domingos

※除了sábado和domingo以外，其他都是單複數同形

今天是星期幾？

¿Qué día es hoy?

什麼　陽日子　是　今天

星期三。

Es miércoles.

是　陽星期三

（我們）每個星期三都不用上課。

Los miércoles no tenemos clase.

陽每個星期三　否定　擁有　陰課堂

71

學習重點看這裡 2

詢問「會／要在幾點～？」

試著用¿A qué hora～?來詢問：「會／要在幾點～？」

電影會在幾點開始？

¿A qué hora empieza la película?

主詞置於動詞之後，將整句話前後以問號夾住

電影會在1點開始。

La película empieza a la una.

用「陰性定冠詞la／las＋數詞」表示時間。1點是la una，2點以後是las＋數詞

◆表示時間的「過○○分」「差○○分」

	y（過○○分）	menos（差○○分）
la una 1點鐘	la una y cinco 1點5分（1點過5分）	la una menos diez 差10分1點
las dos 2點鐘	las dos y cinco 2點5分（2點過5分）	las dos menos diez 差10分2點

※數字參考p.46

（我們）要在幾點見面？

¿A qué hora nos vemos?

在 什麼 陰點鐘 互相見面

（我們）在8點半見面。

Nos vemos a las ocho y media.

半個鐘頭是media，一刻鐘是cuarto

（互相）見面 在 定 8 和 陰30分

● 「從～」是desde，「～為止」是hasta

早餐從幾點開始供應？

¿Desde qué hora se sirve el desayuno?

從～ | 什麼 | 陰點鐘 | 被供應（餐點） | 定 | 陽早餐

se sirve…的servir是「供應（餐點）」之意，但加上了反身代名詞se，就會變成被動句「被供應（餐點）」

從7點半開始。

Desde las siete y media.

從～ | 定 | 7 | 和 | 陰30分

銀行開到幾點？

¿Hasta qué hora están abiertos los bancos?

～為止 | 什麼 | 陰點鐘 | 是 | 開門的 | 定 | 陽銀行

開到下午3點。

Están abiertos hasta las tres.

是 | 開門的 | ～為止 | 定 | 3

想要明確地說出上午或下午的時候，可在時間後面加上de la mañana（上午的）、de la tarde（下午的）、de la noche（晚上的）等

詢問時間

詢問時刻的時候，是用動詞ser。動詞ser須配合「〇點鐘」的數字進行變化，1點鐘（la una）是用es，2點鐘以後則是用son。

幾點了？

¿Qué hora es?

什麼 | 陰點鐘 | 是

現在1點。

Es la una.

是 | 定 | 1

現在11點半。

Son las once y media.

是 | 定 | 11 | 和 | 陰半個鐘頭

討論去電影院看什麼電影

學習重點看這裡 1 「跟A比起來，我比較喜歡B」

學習重點看這裡 2 表示「哪個」的cuál

今天（我們）要看什麼電影？

¿Qué película vemos hoy?

什麼 陰電影 看 今天

學習重點看這裡 1·2

看愛情片或恐怖片。

Una romántica o una de terror.

不 愛情的 或 不 的 陽恐怖

你比較喜歡哪一種？

¿Cuál te gusta más?

哪一個 對你 喜歡 更加

差異還真大。呃……恐怖片好了。

¡Son muy diferentes! Bueno, prefiero una de terror.

是 非常 不一樣的 呃 偏好 不 的 陽恐怖片

OK，電影30分鐘後開始。

Vale. La sesión empieza dentro de media hora.

OK 定 陰上演 開始 ～後 陰30分 陰小時

會話小提示

- 想要問「什麼的（哪個）～？」的時候，只要將名詞置於qué之後即可。¿Qué película...?（哪個電影～？）和詢問時間的¿Qué hora...?（幾點～？），都是相同的道理。
- 因為前面就是在談電影的事，所以在una romántica o una de terror這句話中，省略了película（電影）這個單字。
- empieza是empezar（開始）的第三人稱單數。empezar是詞幹母音變化動詞，詞幹的第二個e會變成ie。

學習重點看這裡 1

用gustar表達「跟A比起來，我比較喜歡B」

我們可以用me gusta más（que A）來說「（跟A比起來，）我比較喜歡B」，也就是表達兩樣東西中自己比較偏好哪一樣。若將me改成te／le／nos／os／les，還可用來表達他人的偏好。（➡p.80）

Me gusta el café. 我喜歡咖啡。

⬇

Me gusta más el café que el té. 跟茶比起來，我比較喜歡咖啡。

跟愛情片比起來，我比較喜歡恐怖片。

Me gustan más las películas de terror que las románticas.

對我 喜歡 更加 定 陰電影 的 陽恐怖 比 定 愛情的

跟搖滾樂比起來，你比較喜歡流行樂嗎？

¿Te gusta más la música pop que la rock?

對你 喜歡 更加 定 陰音樂 流行 比 定 搖滾

對啊，我比較喜歡流行樂。

Sí, me gusta más la pop.

是的 對我 喜歡 更加 定 流行

感受到「喜歡」的人，要用間接受詞的代名詞來表示

另一種「跟A比起來，比較喜歡B」的說法

使用動詞preferir，也能以preferir～（a...）的句型來表達「跟A比起來，比較喜歡B」。preferir是e會變成ie的詞幹母音變化動詞。

跟愛情片比起來，（我）比較喜歡恐怖片。

Prefiero las películas de terror a las románticas.

偏好 定 陰電影 的 陽恐怖 比 定 愛情的

學習重點看這裡 2

用表示「哪個？」的cuál詢問各類問題

疑問詞cuál使用於詢問「哪個」、「哪些」的時候。只不過，有時候也會被翻譯成「什麼」、「哪裡」，因此需要特別留意。

茶和咖啡，你比較喜歡哪個？

Entre el té y el café, ¿cuál te gusta más?

疑問詞cuál

我比較喜歡咖啡。

Me gusta más el café.

◆**疑問詞cuál的變化**

單數形態	cuál
複數形態	cuáles

※根據所指稱的名詞的單複數進行變化

（指著放在玄關的多雙鞋子）哪一雙是你的？

¿Cuáles son tus zapatos?

哪些 是 你的 陽鞋子

因為要配合tus zapatos「你的鞋子」，所以使用複數形態的cuáles

西班牙的首都是哪一個？

¿Cuál es la capital de España?

哪個 是 定 陰首都 的 西班牙

是馬德里。

Es Madrid.

是 馬德里

你的電話是幾號？

¿Cuál es tu número de teléfono?

哪個 是 你的 陽號碼 的 陽電話

512 34 56 78。※

Es el 512 34 56 78.

是 定 512 34 56 78

※數字的唸法參照p.46。

中文中的問法是「幾號」，所以會想用Qué（什麼）來詢問，但電話號碼必須用Cuál來詢問

這些單字一起記！ 12

75

◎電影的類型與感想

電影的類型

喜劇片	陰 comedia	科幻片	陰 ciencia ficción
恐怖片	陽 terror	動畫片	陽 dibujos animados
劇情片	陽 drama	兒童片	陰 (película) infantil
動作片	陰 acción	愛情片	陰 (película) romántica
懸疑片	陽 suspense	歷史片	陰 (película) histórica

感想

有趣的	interesante	令人開懷的	divertido
無聊的	aburrido	具有娛樂性的	entretenido
好的	bueno	悲傷的	triste
差勁的	malo	感動的	emocionante
引人入勝的	curioso	震撼的	impactante

規劃旅遊行程

學習重點看這裡 1 不規則變化的動詞②

學習重點看這裡 2 日期的說法　學習重點看這裡 3 放在前置詞後面的代名詞

學習重點看這裡 1·3

放假時（我）要去巴塞隆納。（你）要跟我一起來嗎？

En vacaciones voy a Barcelona. ¿Vienes conmigo?

在~中　陰休假　去　到　巴塞隆納　來　和我一起

（你）要什麼時候去？

¿Cuándo vas?

何時　去

學習重點看這裡 2

（我）8月3號去。

Voy el día 3 de agosto.

去　定　陽日　3　的　陽8月

真可惜！那天（我）得工作。

¡Qué pena! Ese día tengo que trabajar.

多麼　陰悲嘆　那　陽日　必須～　工作

那（我們）就改個日期囉？

Pues, ¿cambiamos la fecha?

那麼　改變　定　陰日期

不用啦……（我）跟你老實說，我不喜歡巴塞隆納。

No... Si te digo la verdad, no me gusta Barcelona.

不　如果　對你　說　陰事實　否定　對我　喜歡　巴塞隆納

77

學習重點看這裡 1

第一人稱單數有特殊變位而且詞幹母音會變化的動詞

動詞venir（來）和decir（說）的陳述式現在簡單時，在主詞是第一人稱單數的時候，有不規則的變化，而且詞幹的母音會變化。

變位的方式和「表達年齡的說法（➡p.43）」中出現的tener屬於同一種類

第4章 出遊

◆**動詞venir的變位**

	主詞	venir的變位		主詞	venir的變位
我	yo	vengo	我們	nosotros / nosotras	venimos
你	tú	vienes	你們	vosotros / vosotras	venís
您	usted	viene	您（複數）	ustedes	vienen
他／她	él／ella		他們／她們	ellos／ellas	

◆**動詞的變位**

	主詞	decir的變位		主詞	decir的變位
我	yo	digo	我們	nosotros / nosotras	decimos
你	tú	dices	你們	vosotros / vosotras	decís
您	usted	dice	您（複數）	ustedes	dicen
他／她	él／ella		他們／她們	ellos／ellas	

※動詞decir是詞幹母音變化動詞，詞幹的e會變成i

（你）要跟我們一起來嗎？

¿Vienes con nosotros?

動詞venir

好，（我）跟你們一起去。

Sí, voy con vosotros.

動詞ir

78

學習重點看這裡 2

表達日期的方式

讓我們來看看日期的說法。

◆ **月分的說法**

1月	2月	3月	4月
enero	febrero	marzo	abril
5月	**6月**	**7月**	**8月**
mayo	junio	julio	agosto
9月	**10月**	**11月**	**12月**
septiembre	octubre	noviembre	diciembre

※月分名稱為陽性名詞

在日本，學校的學年是從四月開始的。

En Japón el año escolar empieza en abril.

● **詢問及回答日期**

今天是幾月幾號？

¿A cuántos estamos hoy?

在 多少 是 今天

5月3號。

Estamos a 3 de mayo.

是 在 3 的 陽5月

今天是幾月幾號？

¿Qué fecha es hoy?

什麼 陰日期 是 今天

6月6號。

Es (el) 6 de junio.

是 定 6 的 陽6月

● **表達「在○月×日～」**

要表達（年）月日的時候，是以「定冠詞＋日＋de＋月（＋年）」來表示

（我們）要在9月25號從日本出發。

Partimos de Japón el 25※ de septiembre.

出發 從～ 日本 定 25 的 陽9月

※ veinticinco

學習重點看這裡3

放在前置詞後面的代名詞

放在前置詞後面的的代名詞，除了第一人稱單數和第二人稱單數之外，其餘都和主詞的代名詞相同。

◆ **放在前置詞後面的代名詞**

	代名詞		代名詞
我	mí	我們	nosotros nosotras
你	ti	你們	vosotros vosotras
您	usted	您（複數）	ustedes
他／她	él／ella	他們／她們	ellos／ellas

Para mí, una caña, por favor.　請給我一杯生啤酒。

前置詞 + 代名詞

◆ **常用的前置詞**

	前置詞		前置詞
在、向、到～	a	為了～、對～來說	para
來自、的、關於～	de	因為～、由～	por
在～裡	en	和～一起	con

當con（和～一起）的後面是第一人稱單數（mí）及第二人稱單數的代名詞（ti）時，con和代名詞會結合成一個字。

con + **mí** ➡ **conmigo**　（和我一起）

con + **ti** ➡ **contigo**　（和你一起）

（你）要跟我一起來嗎？

¿Vienes conmigo?

來　和我一起

好，（我）跟你一起去。

Sí, voy contigo.

是的　去　和你一起

這些單字一起記！13

◎都市與觀光勝地

西班牙的主要都市

馬德里	Madrid	格拉納達	Granada
托雷多	Toledo	哥多華	Córdoba
塞哥維亞	Segovia	布哥斯	Burgos
阿蘭胡埃斯	Aranjuez	潘普羅納	Pamplona
巴塞隆納	Barcelona	畢爾包	Bilbao
瓦倫西亞	Valencia	桑坦德	Santander
塞維亞	Sevilla	匡卡	Cuenca
聖地牙哥康波斯特拉	Santiago de Compostela		

觀光勝地

旅遊服務中心	陰 oficina de turismo	鬥牛場	陰 plaza de toros
皇宮	陽 Palacio Real	公園	陽 parque
老城、舊城區	陽 casco antiguo	城堡、要塞	陽 alcázar
西班牙廣場	陰 Plaza de España	輸水道、高架渠	陽 acueducto
主廣場（馬約爾廣場）	陰 Plaza Mayor	海濱大道	陽 paseo marítimo

全世界的主要都市

東京	Tokio	柏林	Berlín
倫敦	Londres	雅典	Atenas
巴黎	París	莫斯科	Moscú
里斯本	Lisboa	首爾	Seúl
羅馬	Roma	紐約	Nueva York
維也納	Viena	洛杉磯	Los Ángeles

前往日本

學習重點看這裡 1 氣候的說法　學習重點看這裡 2 季節的說法

學習重點看這裡 3 示「何時」的cuándo

健，（我）要去日本旅行。

Ken, voy a viajar por Japón.

健　打算～　旅行　在～中　日本

學習重點看這裡 3

很棒啊。（妳）要什麼時候去？

Muy bien. ¿Cuándo vas?

真好　何時　去

María

學習重點看這裡 1·2

3月去。那邊春天的天氣如何？

En marzo. ¿Qué tiempo hace en primavera?

在　陽3月　什麼　天氣　（氣候）是　在～中　陰春

Ken

天氣非常好哦。

Muy buen tiempo.

非常　好的　陽天氣

春天是一年之中最棒的季節。

La primavera es la mejor estación del año.

定　陰春天　是　定　較好的　陰季節　的　陽年

會話小提示

- mejor是bueno（好的）的比較級。而「定冠詞＋比較級」則是表示「最～」的最高級。若是要指定範圍說「……之中最～」，就要使用前置詞de。

  例 la mejor estación del año（一年之中最好的季節）
- del是「前置詞de＋el」。當el放在de後面時，就會結合成一個字del。

學習重點看這裡 1

表達氣候的句型

表達氣候時，動詞都是採第三人稱單數。

Hace buen tiempo. 天氣很好。

Hace calor. 天氣很熱。

太陽很大又很熱。

Hace mucho sol y mucho calor.

（天氣）是　多的　陽太陽　以及　多的　陽暑熱

關於天候的各種說法

●**使用hacer的句型**

今天（是）［　　］。

Hoy hace ［　　］.

今天　（氣候）是

替換練習 天氣或氣溫的說法

好天氣（天氣非常好）	（muy） buen tiempo	熱（非常熱）	（mucho） calor
壞天氣（天氣非常糟）	（muy） mal tiempo	冷（非常冷）	（mucho） frío
出大太陽（太陽非常大）	（mucho） sol	有風（風很強）	（mucho） viento

◆**關於氣候的其他說法**

很晴朗（非常晴朗）	Está （muy） despejado.	下雨	Llueve.（不定詞是llover）
陰天	Está nublado.	下雪	Nieva.（不定詞是nevar）

※這時候動詞也是採第三人稱單數

表達季節的句型

要說「在～（季節）」的時候，是用「en＋季節」來表達。

北海道在冬天會下很多雪。

En Hokkaido nieva mucho en invierno.

◆**四季的說法**

春	夏	秋	冬
陰primavera	陽verano	陽otoño	陽invierno

四季是春、夏、秋、冬。

Las cuatro estaciones del año son:

定 | 4 | 陰季節 | 的 | 陽年 | 是

primavera, verano, otoño e invierno.

陰春 | 陽夏 | 陽秋 | 和 | 陽冬

夏天到了。

Ha llegado el verano.

來臨了 | 定 | 陽夏

接續詞y（～和～）在字首為i-、hi-的單字前，會變成e
例）y invierno → e invierno

現在是春天。

Estamos en primavera.

是 | 在 | 陰春

用表示「何時」的cuándo來詢問

詢問什麼時候是使用疑問詞cuándo。

¿Cuándo vas a Japón? （你）什麼時候要去日本？

疑問詞cuándo

Voy a Japón en junio. （我）6月要去日本。

第4章 出遊

你的生日是什麼時候？

¿Cuándo es tu cumpleaños?

何時 | 是 | 你的 | 陽生日

6月2日。

Es el 2 de junio.

是 | 2 | 的 | 陽6月

（你們）是從什麼時候開始住在這裡的？

¿Desde cuándo vivís aquí?

從～ | 何時 | 住 | 在這裡

要用到指出時期範圍的前置詞，像是desde（從〈何時〉）、hasta（〈何時〉為止）的時候，前置詞要放在疑問詞前面

（我們）從去年開始住的。

Vivimos aquí desde el año pasado.

住 | 在這裡 | 從～ | 定 | 陽年 | 已過去

（你）會在馬德里待到什麼時候？

¿Hasta cuándo te quedas en Madrid?

～為止 | 何時 | 存在 | 在～中 | 馬德里

（我）會在馬德里待到6月。

Me quedo en Madrid hasta junio.

存在 | 在 | 馬德里 | ～為止 | 陽6月

練習題

1 請將問句與符合的回答用線連起來。

1 ¿Qué hora es?	•	• a. Es a las nueve.
2 ¿Qué día es hoy?	•	• b. Son las siete y media.
3 ¿A cuántos estamos hoy?	•	• c. Hace viento.
4 ¿Qué tiempo hace hoy?	•	• d. Estamos a 15 de julio.
5 ¿A qué hora es* el concierto?	•	• e. Es miércoles.

＊此處的ser是「舉辦」之意

2 請選出下列問題的正確回答。

1 **¿Cuál es la capital de Francia?** ______

①Es francés. ②Es París.

2 **¿Cuál es tu número de teléfono?** ______

①321 76 54. ②elenita-bravo@jahoo.es.

3 **¿Cuándo vas a España?** ______

①Voy el 3 de septiembre. ②Voy en avión.

4 **¿A qué hora empieza la película?** ______

①Son las siete y veinte. ②Empieza a las siete y veinte.

3 下列句中的動詞都是規則變化後的形態。請挑出錯誤，並加以改正。

1 哈維，（你）跟我說的是真的嗎？
Javi, ¿me deces la verdad? ➡ ______________________

2 你看，公車來了。
Mira, vene el autobús. ➡ ______________________

3 我的弟弟老是在說謊。
Mi hermano pequeño siempre dece mentiras.
➡ ______________________

4 明天會下雨。
Mañana llove. ➡ ______________________

4 請使用下列前置詞，同時補上代名詞，將句子完成。

1 請給我一杯拿鐵。
__________ un café con leche, por favor. [para]

2 （你）要跟我一起吃午餐嗎？
¿Comes __________? [con]

3 好，（我）跟你一起吃午餐。
Sí, como __________. [con]

4 這封信是給您的。
Esta carta es __________. [para]

5 （他們）誇獎了你們。
Hablan bien __________. [de]

解答

1 1 b 2 e 3 d 4 c 5 a 2 1 ② 2 ① 3 ① 4 ②

3 1 deces → dices 2 vene → viene 3 dece → dice 4 llove → llueve

4 1 Para mí 2 conmigo 3 contigo 4 para usted 5 de vosotros/vosotras

專欄

西班牙存在著同時使用兩種語言的地區

西班牙語又稱castellano（卡斯提亞語），原本是卡斯提亞王國（西班牙中部）的方言，基督徒發起收復失地運動（Reconquista），將統治權從伊斯蘭教教徒手中奪來後，卡斯提亞王國所使用的語言，才從方言變成一個國家的語言，並一直使用至今。完成收復失地運動的那一年，安東尼奧・德・內夫里哈（Antonio de Nebrija）也完成了其著作《卡斯提亞語文法》。過去只是口頭語言的卡斯提亞語，之所以能奠定書面語言的地位，部分原因也必須歸功於這本書。

然而，西班牙所使用的語言並非只有卡斯提亞語。在以下自治區中，除了西班牙語之外，都分別有另一種並列為自治區官方用語的語言：加泰隆尼亞（Cataluña）自治區、巴利亞利群島（Islas Baleares）自治區是「加泰隆尼亞語」；瓦倫西亞（Valencia）自治區是「瓦倫西亞語」（從語言學的角度來看，這是加泰隆尼亞語的一個方言）；巴斯克自治區（País Vasco）、部分的納瓦拉（Navarra）自治區是「巴斯克語」；加利西亞（Galicia）自治區是「加利西亞語」。

前往這些地方旅遊時，雖然標示牌上會同時標示兩種語言，也就是西班牙語和當地官方用語，但路名或車站名稱，都只有標示當地官方用語，因此有時會遇到不知該如何發音的問題。我曾經在巴塞隆納打電話給朋友時，朋友問我：「你待的旅館在什麼地方？」而我只能告訴對方：「我念不出來！用西班牙語發音的話，念起來類似○○。」結果引來對方的捧腹大笑。火車內的廣播則會用西班牙語和各自治區的官方用語播報。

除了巴斯克語，其他語言都和西班牙語一樣，是源自於拉丁語，因此還可以大概猜得出意思。然而，語系不明的巴斯克語就完全無法理解了，它的文法結構也和來自拉丁語的語言完全不同。不過，巴斯克語歷史悠久，在伊比利半島受到羅馬帝國統治前就已經存在。經歷了盛極一時的羅馬帝國統治，巴斯克語也沒有被其官方用語的拉丁語吞沒，而屹立不搖地流傳至今。一想到這，令人不禁覺得巴斯克語真是一個帶著傳奇色彩的語言。

附錄

文法總整理
動詞變位表

〈文法總整理〉是將可統整起來加以確認的項目，或在更進一步的學習時所須知道的內容，加以整理而成的文法集。〈動詞變位表〉則是將常用動詞的變位整理出來，讓讀者可以對照確認。讓我們透過這兩個部分，更深入瞭解關於西班牙語的知識。

文法總整理

這裡是從本書解說過的文法中，將可統整起來加以確認的項目，以及在更進一步的學習上所須知道的內容，加以整理而成的文法集。

所有格形容詞

用第三人稱的所有格形容詞，特別指出是誰的所有 （➡p.38）

第三人稱的所有格形容詞su、sus可以解釋成下列6種不同含意：「（您／他／她／您（複數）／他們／她們）的」。

因此，當難以分辨究竟是誰的所有時，有時候會以「定冠詞＋名詞＋前置詞de＋放在前置詞後面的代名詞／名詞」的形式來表達。

例 su libro （〈您／他／她／您（複數）／他們／她們〉的書）

⬇

el libro de él （他的書） el libro de Juan （胡安的書）

完全形

「那是我的」、「你的車很大，但我的很小」，畫線部分就是使用了所有格形容詞的完全形。正文中介紹放在名詞前面的所有格形容詞，像是「你的車」，則是稱為縮短形。正文中已介紹過縮短形，這裡就讓我們來看看完全形有哪些。

◆所有形容詞：完全形

	單數		複數	
	陽性	陰性	陽性	陰性
我的	mío	mía	míos	mías
你的	tuyo	tuya	tuyos	tuyas
您的 他／她的	suyo	suya	suyos	suyas
我們的	nuestro	nuestra	nuestros	nuestras
你們的	vuestro	vuestra	vuestros	vuestras
您（複數）的 他們／她們的	suyo	suya	suyos	suyas

①放在名詞後面，修飾名詞。

放在名詞前面的縮短形，就像「定冠詞」一樣，具有限定名詞的作用，而完全形並不具有那樣的作用。

例 **Alonso es amigo mío.** 阿隆索是我的朋友。

名詞 + 所有格形容詞完全形

※如果改成Alonso es mi amigo，則縮短形mi會對amigo進行限定，因此會產生「除了阿隆索以外沒有其他朋友」的語感

②用ser＋所有格形容詞完全形，表示「A是B的」

例 **¿De quién es este libro?** **Es mío.**

這本書是誰的？ 是我的。

③用定冠詞＋所有格形容詞完全形，表示所有格代名詞「我的（東西）」。

例 **Tu coche es grande pero el mío es pequeño.**

你的車很大，但我的很小。 **(el mío=mi coche)**

Estas gafas son de mi abuela. ¿Dónde están las mías?

這副眼鏡是奶奶的。我的在哪裡？ **(las mías=mis gafas)**

受詞的代名詞

受詞的相對位置（➡p.63）

①將受詞改成代名詞時，要放在變位後的動詞前面

例 **Compro un regalo.** （我）買禮物。

Lo compro. （我）買那個。

直接受詞 + 動詞

Te compro un regalo. （我）買禮物給你。

間接受詞 + 動詞

②直接受詞和間接受詞皆為代名詞時，須按照「間接受詞的代名詞＋直接受詞的代名詞」的語序排列

例 **Te compro un regalo.** （我）買禮物給你。

Te **lo** **compro.** （我）買那個給你。

間接受詞 ＋ 直接受詞

③間接受詞的代名詞和直接受詞的代名詞皆為第三人稱時，間接受詞的代名詞必須改成se

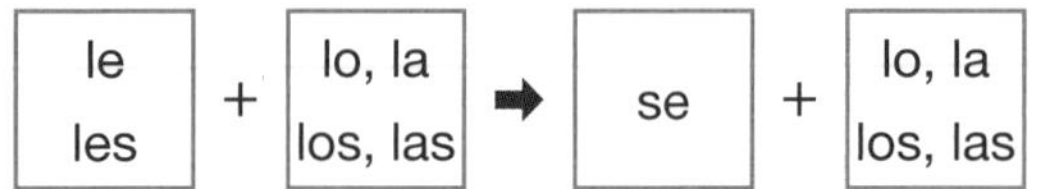

例 **¿Le das este libro?** （你）要給他這本書嗎？

- Sí, se lo doy. —對，（我）要給他那個。

④受詞的代名詞為不定詞（動詞的原形）的受詞時，必須接在不定詞後面合併成一個字，或者移到變位後的動詞前面

這本書（你）打算要給胡立歐嗎？ —對，（我）打算要給他那個。

例 **¿Vas a dar este libro a Julio?** **- Sí, se lo voy a dar.**

⬇（變位後的動詞前面）

- Sí, voy a dárselo.

（接在不定詞後面合併成一個字）

※因為重音是在動詞上，所以需要重音記號

⑤肯定命令式中，受詞的代名詞一定要接在動詞後面變成一個字

例 **Come la manzana.** 去吃蘋果 ➡ **Cómela.** 去吃那個

⑥間接受詞為「前置詞a＋名詞」時，除了原本的間接受詞外，經常會讓間接受詞以代名詞的形式再出現一次

例 **Doy este anillo a María.**

Le doy este anillo a María. （我）送瑪麗亞這只戒指。

動詞

過去分詞

◆規則形態

	不定詞（動詞的原形）→過去分詞	例
ar動詞	-ar → -ado	hablar（說）→ hablado
er動詞	-er → -ido	comer（吃）→ comido
ir動詞	-ir → -ido	vivir（住）→ vivido

◆不規則形

	過去分詞		過去分詞
decir（說）	dicho	escribir（寫）	escrito
freír（炸）	frito	hacer（做、製作）	hecho
poner（放置）	puesto	romper（破壞）	roto
ver（看）	visto	abrir（打開、開設）	abierto

・過去分詞的用法

①用haber＋過去分詞，造出現在完成時的句子

例（我）去過西班牙兩次。

He estado dos veces en España.

haber ＋ 過去分詞

②當作形容詞來修飾名詞

字尾須搭配名詞的陰陽性和單複數，變成-o、-a、-os、-as。

例 **patatas fritas** 炸馬鈴薯　　**huevos fritos** 煎蛋

※patatas是陰　　※huevos是陽

③用estar＋過去分詞來表示主詞的狀態

須搭配主詞的陰陽性和單複數進行變化。

例 **Los bancos están abiertos.** 銀行是開門的。

estar ＋ 過去分詞

Las tiendas están cerradas. 銀行是打烊的。

estar ＋ 過去分詞

※這種用法口語中不常出現，但會用ser＋過去分詞來造被動句

命令式（➡p.113）

對tú（你）做出命令的時候，規則變化是用陳述式現在簡單時第三人稱單數的形態。

◆規則形

	不定詞（動詞的原形）	命令
ar動詞	hablar（說）	habla
er動詞	comer（吃）	come
ir 動詞	escribir（寫）	escribe

命令式經常用到的動詞中，也包含許多不規則變化的動詞。先把幾個代表性的動詞變化背起來吧。

◆不規則形

	命令		命令
tener（拿著）	ten	salir（離開）	sal
poner（放置）	pon	hacer（做、製作）	haz
venir（來）	ven	decir（說）	di

反身動詞

反身動詞的整理（➡p.64、117）

伴隨著反身代名詞的動詞，稱為反身動詞。透過表示和主詞一樣的人或物的代名詞（反身代名詞），來表示「主詞進行的動作回到主詞自己身上」之意。

・反身動詞的用法

①直接反身：反身代名詞扮演直接受詞的角色「把自己、讓自己」

例 **Me acuesto a las once entre semana.** 平常日（我）會在11點上床睡覺。

※acostarse：acostar（使～上床睡覺）＋反身代名詞

➡ 讓自己上床睡覺 ➡ 「上床睡覺」

②間接反身：反身代名詞扮演間接受詞的角色「對自己、向自己、從自己」

例 **Me pongo el abrigo.** （我）穿上外套。

※poner（放置）＋反身代名詞

➡ 向自己放置（放置在自己身上）➡ 「穿上」

③相互：「互相～」

主詞為A y B（A和B）的複數時，如果解釋成A的動作在B身上產生作用，B的動作在A身上產生作用，就會產生「互相」之意。

例 **Ana quiere mucho a Carlos.**
安娜非常愛卡洛斯。

Carlos quiere mucho a Ana.
卡洛斯非常愛安娜。

Ana y Carlos se quieren mucho.
安娜和卡洛斯非常相愛。

④強調意思或改變語感

例 **Mario se come una tarta entera.**
馬力歐吃光了一整個蛋糕。
※comer（吃）➡ comerse（吃光）

Me muero de hambre.
（我）快餓死了。
※morir（死）➡ morirse（快死了）

使用反身代名詞se的句子

①無人稱句

「我們（每個）人都～」闡述這類一般通則時使用。常用於問路等場合。

例 **¿Por dónde se va a la estación?**
（無論是誰都是）怎麼走才能到車站？

Se va por esta calle.
走這條路就可以到。

En este restaurante se come muy bien.
在這家餐廳裡，每個人都吃得津津有味。
＝這家餐廳很好吃。

②被動句

可以用se＋及物動詞的第三人稱＋主詞（限事物），來表示「被～」的被動語態。反身動詞是表示「主詞的動作回到主詞身上」，但主詞若是事物時，就無法自己產生行為。因此，少了主詞的動作，只留下「回到」的部分，而將其解釋為被動語態。這時，主詞多半放在動詞後面。

例 **En Galicia se hablan dos lenguas.**（dos lenguas是主詞）
在加利西亞，有兩種語言被說（在加里西亞是使用兩種語言。）。

En España se come mucho arroz.（mucho arroz是主詞）
在西班牙，大量的米飯被食用（西班牙人經常吃米飯）。

動詞變位表

前面提過，動詞可依字尾分為3種類型，而動詞的變位會依照其類型變化。但實際上還有許多不規則變化。本單元將動詞經常用到的陳述式現在簡單時的變位整理出來，提供給讀者參考。

規則動詞① ar動詞

trabajar（工作）	單數	複數
第一人稱	trabajo	trabajamos
第二人稱	trabajas	trabajáis
第三人稱	trabaja	trabajan

estudiar（學習）	單數	複數
第一人稱	estudio	estudiamos
第二人稱	estudias	estudiáis
第三人稱	estudia	estudian

llegar（到達）	單數	複數
第一人稱	llego	llegamos
第二人稱	llegas	llegáis
第三人稱	llega	llegan

andar（走）	單數	複數
第一人稱	ando	andamos
第二人稱	andas	andáis
第三人稱	anda	andan

comprar（買）	單數	複數
第一人稱	compro	compramos
第二人稱	compras	compráis
第三人稱	compra	compran

necesitar（需要）	單數	複數
第一人稱	necesito	necesitamos
第二人稱	necesitas	necesitáis
第三人稱	necesita	necesitan

tomar（抓起、用餐、喝）	單數	複數
第一人稱	tomo	tomamos
第二人稱	tomas	tomáis
第三人稱	toma	toman

規則動詞② er動詞

comer（吃）	單數	複數
第一人稱	como	comemos
第二人稱	comes	coméis
第三人稱	come	comen

correr（跑）	單數	複數
第一人稱	corro	corremos
第二人稱	corres	corréis
第三人稱	corre	corren

leer（閱讀）	單數	複數
第一人稱	leo	leemos
第二人稱	lees	leéis
第三人稱	lee	leen

creer（相信）	單數	複數
第一人稱	creo	creemos
第二人稱	crees	creéis
第三人稱	cree	creen

規則動詞③ ir動詞

vivir（住）	單數	複數
第一人稱	vivo	vivimos
第二人稱	vives	vivís
第三人稱	vive	viven

escribir（寫）	單數	複數
第一人稱	escribo	escribimos
第二人稱	escribes	escribís
第三人稱	escribe	escriben

abrir（打開）	單數	複數
第一人稱	abro	abrimos
第二人稱	abres	abrís
第三人稱	abre	abren

recibir（接收）	單數	複數
第一人稱	recibo	recibimos
第二人稱	recibes	recibís
第三人稱	recibe	reciben

不規則變化的動詞① 只有主詞為第一人稱單數時，才有不規則變化的動詞。

saber（知道、認識）	單數	複數
第一人稱	sé	sabemos
第二人稱	sabes	sabéis
第三人稱	sabe	saben

traer（拿來）	單數	複數
第一人稱	traigo	traemos
第二人稱	traes	traéis
第三人稱	trae	traen

poner（放置）	單數	複數
第一人稱	pongo	ponemos
第二人稱	pones	ponéis
第三人稱	pone	ponen

salir（離開）	單數	複數
第一人稱	salgo	salimos
第二人稱	sales	salís
第三人稱	sale	salen

ver（看）	單數	複數
第一人稱	veo	vemos
第二人稱	ves	veis
第三人稱	ve	ven

dar（給予）	單數	複數
第一人稱	doy	damos
第二人稱	das	dais
第三人稱	da	dan

conocer（懂）	單數	複數
第一人稱	conozco	conocemos
第二人稱	conoces	conocéis
第三人稱	conoce	conocen

conducir（駕駛）	單數	複數
第一人稱	conduzco	conducimos
第二人稱	conduces	conducís
第三人稱	conduce	conducen

不規則變化的動詞②

詞幹母音變化動詞，也就是在規則變化中原本不產生變化的詞幹母音，會產生變化的動詞。有3種類型：e→ie、o→ue、e→i，而最後一種變化方式只會出現在ir動詞上。

cerrar（關上）	單數	複數
第一人稱	cierro	cerramos
第二人稱	cierras	cerráis
第三人稱	cierra	cierran

empezar（開始）	單數	複數
第一人稱	empiezo	empezamos
第二人稱	empiezas	empezáis
第三人稱	empieza	empiezan

querer（想要）	單數	複數
第一人稱	quiero	queremos
第二人稱	quieres	queréis
第三人稱	quiere	quieren

volver（返回）	單數	複數
第一人稱	vuelvo	volvemos
第二人稱	vuelves	volvéis
第三人稱	vuelve	vuelven

poder（能夠～）	單數	複數
第一人稱	puedo	podemos
第二人稱	puedes	podéis
第三人稱	puede	pueden

pedir（請求）	單數	複數
第一人稱	pido	pedimos
第二人稱	pides	pedís
第三人稱	pide	piden

jugar（玩、運動）	單數	複數
第一人稱	juego	jugamos
第二人稱	juegas	jugáis
第三人稱	juega	juegan

※唯一一個詞幹的u會變成ue的動詞

seguir（繼續、前進）	單數	複數
第一人稱	sigo	seguimos
第二人稱	sigues	seguis
第三人稱	sigue	siguen

※注意主詞為第一人稱單數時的拼法

不規則變化的動詞③

兼具不規則變化①和②特性的動詞。詞幹母音會變化，主詞為第一人稱單數時，也會變成特殊的形態。

decir（說）	單數	複數
第一人稱	digo	decimos
第二人稱	dices	decís
第三人稱	dice	dicen

tener（擁有）	單數	複數
第一人稱	tengo	tenemos
第二人稱	tienes	tenéis
第三人稱	tiene	tienen

venir（來）	單數	複數
第一人稱	vengo	venimos
第二人稱	vienes	venís
第三人稱	viene	vienen

obtener（獲得、得到）	單數	複數
第一人稱	obtengo	obtenemos
第二人稱	obtienes	obtenéis
第三人稱	obtiene	obtienen

其他不規則動詞

ser（是～）	單數	複數
第一人稱	soy	somos
第二人稱	eres	sois
第三人稱	es	son

estar（存在、是～）	單數	複數
第一人稱	estoy	estamos
第二人稱	estás	estáis
第三人稱	está	están

ir（去）	單數	複數
第一人稱	voy	vamos
第二人稱	vas	vais
第三人稱	va	van

oír（聽、聽到）	單數	複數
第一人稱	oigo	oímos
第二人稱	oyes	oís
第三人稱	oye	oyen

●作者

德永志織（とくなが　しおり）

津田塾大學學藝學部英文系畢業。東京外國語大學研究所博士課程學分取得後肄業。馬德里自治大學哲文學部博士課程修畢。語言學博士。現為日本大學經濟學部教授。專門領域除了西班牙語之外，還包括外語教學、日本語學。主要著作有《だいたいで楽しいスペイン語入門》（三修社）、《快速マスタースペイン語》（語研）等。

●日文版STAFF

編輯・製作協力	株式会社エディポック
西班牙語校對	Inés Planas Navarro
設計	大山真葵（ごぼうデザイン事務所）
正文插畫	飯山和哉
西班牙語錄音	Miguel Ángel Ibáñez Muñoz
	María Yolanda Fernández Herboso

國家圖書館出版品預行編目資料

超分解每天都用得到的西語會話 / 德永志織著；李璦祺譯. -- 初版. -- 臺北市：臺灣東販, 2017.07
160面；14.8×21公分
ISBN 978-986-475-392-5(平裝附光碟片)

1.西班牙語 2.會話

804.788　　106008704

SPEINGO HANASU KIKU KANTAN NYUMONSHO

Originally published in Japan in 2016 by IKEDA PUBLISHING CO., LTD, TOKYO,
Traditional Chinese translation rights arranged with PHP Institute, Inc., TOKYO, through
TOHAN CORPORATION, TOKYO.

超分解每天都用得到的西語會話

2017年7月1日初版第一刷發行

作　　者　德永志織
審　　訂　白士清、李靜枝
譯　　者　李璦祺
編　　輯　曾羽辰
特約美編　鄭佳容
發 行 人　齋木祥行
發 行 所　台灣東販股份有限公司
＜地址＞台北市南京東路4段130號2F-1
＜電話＞(02)2577-8878
＜傳真＞(02)2577-8896
＜網址＞http://www.tohan.com.tw
郵撥帳號　1405049-4
法律顧問　蕭雄淋律師
總 經 銷　聯合發行股份有限公司
＜電話＞(02)2917-8022
香港總代理　萬里機構出版有限公司
＜電話＞2564-7511
＜傳真＞2565-5539